秘密

ゆめ姫事件帖

和田はつ子

時代小説文庫

角川春樹事務所

目次

第一話　ゆめ姫が真の裁きを問う

一

遅咲きの萩《はぎ》の花が風に乗って運んできた夢であったのかもしれなかった。紅紫色の萩の花が散って、一枚、二枚と跳ねると、白い面長の女人の頰《ほお》の色になった。風が吹いて、散った花びらをざーっと地上から巻き上げる。幾重にも幾重にも、紅紫の色が集まって、艶《あで》やかな女人の唇の色を想《おも》わせ、次には濃紅紫色のぼかしの一反の着物に変わった。そして、ころころと畳を転がり始めると小袖《こそで》の着物が作られ、萩の花が裾《すそ》に散った。小袖には髷《まげ》を結った紙の白い顔が載っている。

〝まあ、何と姉さま人形でしたのね〟

夢の中でゆめ姫《ひめ》は呟《つぶや》いた。

ゆめ姫は子沢山で知られる現将軍の末の姫なのだが、生母《はは》お菊《きく》の方は父将軍が最も寵愛《ちようあい》してやまなかった側室であった。

それゆえ、老いて、ことさら愛した女《ひと》との思い出に浸《ひた》ることの多くなった父将軍は早くに逝ってしまったお菊の方の忘れ形見のゆめ姫を、溺愛《できあい》せずにはいられなかった。

姫は江戸八百八町広しといえども滅多に現れない希有《けう》な小町娘と謳《うた》われた母の血を受け継いでいる、稀《まれ》に見る姿形の良さに加え、聡明《そうめい》で好奇心旺盛《おうせい》で闊達《かったつ》な気性の持ち主であり、生母譲りの常人にはない力を持っていた。今のところ、その力は夢や、時折経験する白昼夢の形で訪れていた。

そして、予知夢を見てこれから起きる出来事を言い当てたり、この世に残って、恨みや未練を抱き続けている浮遊霊たちの訴えに耳を傾け、光の向こうへと成仏させる手伝いをしてきた。

徳川将軍家の始祖家康は、そんな姫の霊力を広く役立てるようにと霊言した。父将軍もまた、徳川家がもたらした世の安泰が続くことを願い、ゆめ姫にその使命を託した。姫は大奥でも特別の存在になった。一橋家の若き当主慶斉《よしなり》と先を約束した間柄でありながら、父将軍の側用人《そばようにん》である池本方忠《いけもとまさただ》の屋敷と江戸城大奥を行き来する特権が与えられたのである。

行き来が目立たぬようにと、姫付き中臈《ちゅうろう》の藤尾《ふじお》と共に、暢気《のんき》な西の丸暮らしができるようにもはからわれている。

こうして姫は、池本方忠の次男ではあるが、幼い頃、よんどころない事情で拐《かどわ》かされ、今では町奉行与力の職にある信二郎《しんじろう》を助けて、奉行所の役人たちだけでは解決がむずかしい、難事件に力を貸すこととなっていた。

――夢の中の姉さま人形は帯を締めていなかったわ。姉さま人形ならば、ちゃんと帯を締めてさしあげないと――

夢をみている姫が萩の裾模様に似合う、しっとりした臙脂《えんじ》色の帯を思い描くと、小袖の半ばより上のあたりに、するりと細い吹き流しの臙脂がかかった。姫は、まだ姉さま人形を見つめている。

――お顔も描《か》いてさしあげたいものだわ――

姉さま人形とは縮緬《ちりめん》紙と千代紙で作られている着せ替え人形である。顔が描かれていないものもあったが、ゆめ姫の姉さま人形には、目、鼻、口が描かれ、頬にも紅が差されていたはずだった。

はじめて、この姉さま人形を手にしたのは、五、六歳の時だったと思うが、その折、おそばの者たちは、

「まあ、何て、可愛《かわい》らしくも美しい。姫様そっくりではありませんか」

口々に言って、ため息をついたものである。

さすがに長じてからは、ゆめ姫も姉さま人形で遊ぶことはない。きっともう、大変に古びて、同じように古びているはずの文箱《ふばこ》にでも入れられ、大奥の納戸の奥深くにしまわれていることだろう。

――はて、どうして顔がないのだろう？　どのように描いたものか――

戸惑いながら、自分の顔を思い描きかけると、いつしか、見えていた姉さま人形が消え

て、真珠貝の貝殻を桜の花に擬《なぞら》えて貼《は》り付けた、螺鈿《らでん》の文箱がぱっと目の前に現れた。

——そうだったわ。わらわの姉さま人形はあの文箱に入れていた——

なつかしく、黒い塗りの上に散っている、見事な桜の花びらを見つめていると、突然、蓋《ふた》が開いた。

——まあ、わらわの姉さま人形——

しかし、そう思ったのは一瞬のことだった。ゆめ姫が遊んだ姉さま人形は古びてなどいなかった。さっき見たばかりの萩の裾模様の着物を着て、臙脂の帯を締めている。そこまでは千代紙で出来ていたが、首から上は生身で、しかも、ゆめ姫そっくりの人の顔をしていた。

姫がきゃっと叫ばなかったのは、その顔が恐ろしい表情をしていたかと思うと、次には涙を流し、帯と見えたのは流れ落ちている血《ち》だったからである。萩の裾模様はいつしか血溜《だ》まりに変わっていた。

「どうしました。ゆめ殿、顔色がすぐれませんね」

翌日、朝餉《あさげ》の席についた姫にそっと亀乃《かめの》が耳打ちをした。

「何か案じることでもおありなのですか」

亀乃は池本家当主方忠の妻である。

「いいえ、何も。昨夜遅くまで寝つけずにいたので、きっとそのせいだと思います」

「それならよいのですが」

亀乃は優しく微笑《ほほえ》んだ。

「箱根の親戚から戻ってきて間もないゆえ、枕《まくら》がまだ馴染《なじ》まぬのだろう。ならば、いっそ――」

方忠はこほんと意味ありげな咳《せき》をした。箱根の親戚というのは、姫が池本家から西の丸大奥に一時《いっとき》戻る時の方便として方忠が考えついた架空の親戚である。

娘のようにも思っている姫を家族の一人に加えて、毎日が楽しいと言えば楽しいのだが、心配は尽きない。そのうえ、姫の身に何かあれば、即座に首が飛ぶのである。何とも複雑な心持ちであった。

「枕の具合が悪いのであれば、按配《あんばい》のよいものをもとめてはいかがでしょう」

今や亀乃にとってゆめ姫は血を分けた娘同然である。

「ゆめ殿はきっと、親戚のところの枕の方が性に合うのですよ。親戚のところの枕を真似《まね》て作ってさしあげては？」

嫡男の総一郎《そういちろう》も案じた。総一郎も亀乃同様、ゆめが将軍家の姫とは知らない。大柄で色白、太っているわけではないがおっとりした人柄と相俟《あいま》って、どことなく、触っても心地よく食べても美味《おい》しい大福餅《だいふくもち》を想わせる。

この時、南町奉行所与力で池本家の次男でもある信二郎が居合わせていた。幼い頃、凧《たこ》揚《あ》げの際にかどわかされた信二郎が、血を分けた両親《ふたおや》の方忠や亀乃、実兄の総一郎と肉親として再会したのは、ゆめ姫の夢力によるものであった。ただし信二郎はどんなに勧められても、池本の屋敷には住まず、高い役職も求めず、今まで通り、秋月修太郎《あきづきしゅうたろう》として八丁堀の役宅に住み、趣味と実益を兼ねた戯作を書いていて、時には噺《はなし》をするために秋本紅葉《あきもとこうよう》の名で高座に上ることもあった。

「眠りが足りていないのなら、裏庭の銀杏《いちょう》の木の下なら、うたた寝ができるかもしれません」

信二郎が意味ありげに姫に目配せした。信二郎もまた姫の身分は知らなかったが、特殊な力のことは熟知していた。

姫の常ではない様子は、必ずや死者たちの声を夢の中で聞いているからだと確信していた。そう確信したのは、ゆめ姫が、しばしば眠っていて見た夢や白昼夢で無念を遺《のこ》して死んだ者たちと触れあい、その時の話が下手人捜しの胆《きも》になってきたからであった。

このような事情で、信二郎とゆめ姫はたびたび銀杏の木の下で会った。姫は信二郎だけには、気がかりな夢の話をすることができる。

「といっても――」

姫は大奥という背景は伏せて、不思議な姉さま人形の話をした後、銀杏の木の根元に座った。信二郎は既に座っているから、並んで座ることになる。

姫はどきどきと胸が鳴った。なぜか、信二郎も同じようであってほしいと、近頃では思い始めている。もっとも、その感情が何であるかまでは、姫にはまだわかっていない。

ゆめ姫は昨夜の姉さま人形の話をした後、ぱちぱちとまばたきをした。姫はまばたき一つで白昼夢を見ることができる。

「何か見えましたか？」

信二郎は姫に白昼夢の話を促した。

「それが――」

姫の胸は鳴り続けている。

「何も見えなかったのです」

見えたのは黒く深い闇《やみ》だけであった。姫は少しばかり悲しい気持ちになっていた。見えないと言った時、信二郎ががっかりしたように見えたからである。

――信二郎様が興味をお持ちなのは、わらわの力だけなのかもしれない――

「何でもいいのです。気がついたことはありませんでしたか」

ああそういえば、と姫は気がついた。何も見えはしなかったが、音は聞こえていた。

「雲雀《ひばり》の鳴き声が聞こえていました」

今は鳥の声はしていない。

「だとしたら、それはあなたの夢の中の雲雀です」

「だって見えていたのは何もない闇ですよ。雲雀なんて見えなかったわ」

「ほかに音はしませんでしたか」

「がつん、がつんという重い音が聞こえました。あと土の匂《にお》いが――」

「それでは、鍬《くわ》で人が土を掘っている夢で、闇と見えたのは大きな穴かもしれませんよ」

「ええ、でも、それと姉さま人形がどう関《かか》わるのか――」

ゆめ姫が首をかしげると、

「たしかにそうですね」

信二郎もう――むと腕を組んだ。

二

「ゆめ殿、ゆめ殿」

亀乃の声がした。

「たぶん、ここだと思いましたよ」

籠《かご》を手にしている亀乃は、軽く信二郎を睨《にら》んだ。

「お役目との関わりとはいえ、あなたは何かというと、ゆめ殿をここへ呼んでいるようですから」

「何用です？」

信二郎は困惑気味に母を見た。親子の名乗りを上げてから、それほど時が過ぎていないにもかかわらず、屈託《くったく》のない気性の亀乃は信二郎への自然な振る舞いが身についてきていたが、信二郎の方はとかくまだぎくしゃくしている。

「そろそろ、そば畑のことが気になってきましたの」

「そういえばこのところ、ここへ来ると裏庭から鶏糞《けいふん》のような匂いがしてきていて、一度見に行ったところ、腰ほどの丈の草が連なっていて、白く小さい可憐《かれん》な花が雪片のように咲いていました。あれ、信州者などの話に聞くそばの花でしょう？　きっと、こちらでは、市中には珍しいそばを育てて、その実をついばむ鶏を飼われているのだと思いました。しかし、鶏《とり》小屋は見えなかったな――」

「あらあら」

亀乃は笑い出して、

「鶏糞の匂いは見かけによらないそばの花の匂いですよ。そもそも、ある年、そばの芽らしきものがあそこに出てきて、どこからか種が運ばれてきたのでしょうけれど、あんまり珍しいので、〝育て、育て〟ってさんざん言い聞かせて水をやっていたら、このところ、市中は夏の雨が少なくて冬が寒かったせいか、何時《いつ》の間にか、たくさん茂って花も咲いて、今年は何とほんの少しだけれど実がとれるようになったのです。これからは〝実れ、実れ〟って言わなくてはね。市中の常の気候では、そばは葉こそしげっても、なかなか実がつかぬものなのですよ。それを鶏にやってしまうなんてあり得ません。そんな貴重なそばの実ですもの、お菓子がお好きなゆめ殿もおいでだし、粉に挽《ひ》いてそば羊羹《ようかん》を拵《こしら》えてみようと思い立ったのですよ。ゆめ殿にそば羊羹の作り方を教えてさしあげようかとも――」

はしゃぎ気味の亀乃はにこにこと笑った。

「まあ、これで羊羹を――」

作れるものなのかと続けかけ、あわててゆめ姫は口を閉ざした。

出入りの菓子屋が大奥へ届けてくる菓子は、山水や花姿を模した雅《みやび》なものばかりである。姫はそば羊羹なるものを口にしたことはなかった。

「残念ながら、実家の庭でそばを見かけたことなどございません」

大奥の庭は将軍の子らの遊び場である。そのため、庭師たちは一本の毒草もあってはならじと目を皿のようにして、日々、庭仕事に精を出していた。

そばは人によって毒にもなって息の通る道を塞《ふさ》ぎ死に到らせるとして、大奥の庭には御《ご》法度《はっと》であった。

「いいのですよ、あなたが市中で生えているそばを見かけていなくても不思議はありません。そばは山に囲まれているところなどの寒い気候に合っていて、しとしとと続く夏場の雨が多いと育ちにくいものなのですから――」

亀乃はいたわるように言った。

亀乃は姫に礼儀作法や針仕事、煮炊きなど女子《おなご》の心得が備わっていないのは、幼い頃、母親に死に別れたせいだと信じこんでいた。

「是非、作り方を教えてくださいませ」

ゆめ姫は立ち上がると、亀乃と一緒にそばの実を摘《つ》み始めた。すでにもう花はちらほらでほとんど咲いていない。鶏糞の匂いも弱まってきていた。

「わたしもお手伝いいたしましょう」

信二郎がゆめ姫の隣りに並んだ。

――あら――

ゆめ姫はどきんと胸が鳴った。

信二郎がそばの実を潰《つぶ》してみて、

「香ばしく、力強いそばの香りがします。鶏糞の花が実になるとこんなに美味《うま》そうに化けるとは――」

しみじみと感嘆し、

「新そばと言って、今のそば粉が一番よい香りなのです。そば粉に挽かず、そばの実と一緒にご飯を炊《た》いても、とても美味しいものですよ」

亀乃が説明すると、

「そうなのですね」

姫は感心しながら、摘んだそばの実を亀乃の籠へ入れていった。

その時だった。

実のついたそばの茎を手にした姫の目に見えたものがあった。

姫の胸はどきんを通り越して、どきっと痛んだ。

――どうして、あの方のお顔が――

それはここにいるはずもない慶斉《よしなり》の顔だった。このところは、よくいえば大人びて落ち着いて見える、案じれば元気のないやや青ざめた顔である。

ほんの一瞬のことでもあり、幸いなことに近くにいる亀乃や信二郎は、この時の姫の動揺に気づいていなかった。

「信二郎様」

家士《かし》の一人が現れた。

家士たちはすでに、南町奉行所与力秋月修太郎を信二郎様と呼ぶことに慣れてきている。

「山崎正重《やまざきまさしげ》様がおみえになっています」

南町奉行所同心の山崎正重は信二郎の配下にある。二人は日本橋南にある新影無念流《しんかげむねんりゅう》の道場に通っている。ゆめ姫が池本家に寄宿してからというもの、行方《ゆくえ》知れずだった従妹《いとこ》の梅乃《うめの》や出入りの魚屋母子の付け火疑惑など、池本家に縁のある人たちが絡《から》んだ事件が続いた。

事件が解決できたのは姫と信二郎が力を合わせたからなのだが、信二郎の竹馬の友である定町廻《じょうまちまわ》り同心山崎の助力もあった。

そして、このところ、山崎はたいした用もないのに、池本家を訪れるようになっていた。信二郎の本当の出自がわかり、同心と側用人では身分に差がありすぎて、気後れすると言っていたにもかかわらずである。

山崎の話は江戸の町で起きている事件についてが多く、なかなか面白い。

山崎は、

「なかなかの眼力だと思います」

ゆめ姫を褒めそやし、

「ゆめ殿、これからもあなたのお力をお借りしたいものです」

深く頭《こうべ》を垂れた。

「わたくしでよろしければ――」

姫は不安を感じつつも承諾した。

人の命に関わる難事件を、解決できたのはよいことだと思えたが、きっかけになったのは、自分が見る、いや、死者から見せられる夢であった。証《あかし》に導かれて、真の下手人に辿《たど》り着くわけではない。

――こんなことを続けていたら、いずれ、わらわの力も尽きてしまうのではないか。間違った相手を下手人にしてしまってはならないのだし――

奉行所への協力を正式に承諾した姫は、以後、不安と隣り合わせになった。

もとより姫が願っているのは、自分が手柄を立てることではなかった。

池本家のぬくもりに癒《いや》されつつ、大奥にいては徹底叶わない、好色と称される父将軍言うところの、〝男と女のすることの比ではない〟、町方の面白い話を見聞することであった。

――それに夢力があると知れたら、自由が奪われてしまうかも――

そう思うと憂鬱《ゆううつ》にもなったが、幸い、今のところ、山崎がする話は解決済みのものばかりだった。

「あらあら、またですか？」

亀乃は眉を寄せた。姫が捕り物などという危ないものに関わることを案じている。

「山崎様なのですね」

姫はそばの実を摘む手を止めた。

「それでは、お会いしなくてはいけませんね」

姫は亀乃に一言詫びを言い、信二郎を促した。

客間では山崎正重が待っていた。

ずんぐりしていて、四角くいかつい顔の山崎だが、ぷんと鬢《びん》付け油の匂いがした。結い上げて間もない髷に乱れはなかった。

「お力をお借りいたしにまいりました」

顔を赤らめた山崎はゆめ姫を見つめて、頭を下げた。

「どうかよろしくお願いいたします」

山崎は、まだ姫の顔から目を離そうとしない。

――こいつが？――

一瞬、信二郎は、はっとしたが表情は変えなかった。

「実は今、市中には珍しいそばの実を摘んでいるところなのです。叔母上《おばうえ》様が粉に挽いてそば羊羹をお作りになるそうなので、是非とも教えていただくつもりでおります」

姫は暗に山崎に用向きの話を促した。

「おおっ、そば羊羹ですか、これはなつかしい。わたしの育った家では、秋にもとめたそばの実が夏まで残ると母が作ってくれました。粉に挽いたそばの実と寒天を鍋《なべ》で煮溶かし、缶に半分流して固まったところで、炊いてあった小豆餡《あずきあん》を載せて、鍋に残っていたそば寒天を温めてその上に載せてまた固める。挟む餡はやはりずっと残っていた白隠元《しろいんげん》を使った白餡のこともありましたな。変わったところではこの白餡に抹茶《まっちゃ》を練り込んで――」

山崎のお役目とは無縁な長話が尽きそうになかったので、

「いいから、早く、御用の向きを話してほしい。先ほど話した通り、ゆめ殿にも母上とのそば羊羹作りがある」

苦笑した信二郎が割って入った。

「すみません」

笑顔で応《こた》えた山崎は、そうはもう暑くないにもかかわらず、なぜか、額から汗を流していた。

「話というのは」

懐からおろし立ての手《て》拭《ぬぐ》いを出してきて、丁寧に額の汗を拭《ぬぐ》った。

「何とも胸のすく話なのです」

またしても、解決済みなのかと、信二郎は内心がっかりしていた。山崎はごろつきの丑《うし》松《まつ》を捕縛した経緯《いきさつ》を話し始めた。

「丑松というのは押し込み強盗よりも、よほど質《たち》が悪い」

さすがに山崎の顔はもう緩んではいない。

「この男は女たちの生血を吸って、博打《ばくち》をしたり、酒を飲んだり、好き放題をして生きてきたからです」

「女衒《ぜげん》か」

信二郎はちらとゆめ姫の方を見た。

――ゆめ殿も女子である以上、女衒の所業を耳にするのは辛《つら》かろう――

「いや、女衒にも劣る。甘い言葉で娘を騙《だま》し、掠《さら》って売り飛ばす。――もちろん、誰にも金は払わぬのです」

「だとすると拐《かどわ》かしではないか」

信二郎の言葉に山崎は大きくうなずいた。女を売り飛ばす女衒は唾棄《だき》すべき、人身売買の商いではあるが、拐かしは大罪である。

「しかも、江戸の町では拐かしません。近隣の村から無垢《むく》な娘たちを掠ってくるのです。知っての通り、御府外は町奉行所の支配が及ばず手が出せません。ですから、今まで、こちらは悪事を知っていても、一切、手出しができずにいたのです」

三

「ところで、おまえが胸がすいたというのは、そのどう仕様もなく性根が腐った悪党を、お縄にしたことなのだろうが、どうやったのだ?」

信二郎は首をかしげた。大盗賊相手の大捕物でもない限り、捕り物についての文書が上がってきて、与力の信二郎が目を通すのは早くて一月先のことであった。

「捕らえた罪状は拐かしではありません。丑松が犯した罪は人殺しです。相長屋の辰三《たつぞう》という名の中年者を、咳がうるさくてよく眠れないという、わけのわからぬ理由で殺したのです。殺された辰三は哀れすぎます――」

「辰三さんはご病気だったのですか」

ゆめ姫は咳の因《もと》を確かめたかった。

「長屋のかみさんたちの話では、どうやら労咳《ろうがい》を患《わずら》っていたようで。近頃では咳も相当ひどかったらしいのです。隣の丑松のところとは薄い壁一枚ですからね。始終、〝うるせえな。眠れないじゃねえか。なんだったら俺が楽にしてやるぜ〟と怒鳴りながら、辰三のところに入っては包丁を振り回していたそうです。もちろん、気の毒な病人からこづかい銭を脅し取るのが目的です」

「ご病人に対して酷《ひど》いわ」

「ところが、捕まると、俺は殺《や》っちゃあいねえの一点張りで。人殺しとなれば死罪ですから。これだけは、何とか免れようという魂胆なんでしょうが、今回ばかりはそうはいきません。いずれ責め詮議《せんぎ》で認めさせてみせると、安野善右衛門《あんのぜんえもん》殿が張り切っています」

「責め詮議――」

――恐ろしそう――

ゆめ姫は知らずと顔色を変えていた。

「安野殿は定町廻りの同心では最年長で、あと半年ほどで臨時廻りにかわるのです。安野殿はもう何年も前から、朱引外で酷い稼業を続ける丑松の所業を知って憎んでいました。何とかこの毒虫を捕らえようと、始終張り付いていて、やっと、今回、本懐を遂げたのです。安野殿は丑松が辰三を殺したところを、まさに、自分の目で見たのです」

山崎はうんと大きく頭を縦に振った。

「ならば、丑松はもう言いのがれができないはずではないか」

信二郎も同調した。

「丑松が言うには、日課になっている咳の文句を言おうと、辰三のところの油障子《あぶらしょうじ》を開けたところ、すでに辰三は胸を包丁で刺し抜かれ、血を流していたのだそうです。自分の包丁だったので、咄嗟《とっさ》に包丁を引き抜いたところを、突然入ってきた安野殿に見られただけだと、白を切っているのです」

「包丁は丑松のものに間違いないのか？」

「柄に近いところの刃に欠けがあり、丑松のものでした。当人もこれは認めています」

黙って、信二郎と山崎の会話を聞いていた姫の前に、長屋が見えてきた。

油障子をそっと開けると、畳の上に人が倒れ、もう一人が立って見下ろしていた。倒れているのが辰三に違いない。胸に出刃包丁が突き立っている。青ざめきっていて、ぴくりとも動かず、すでに、死んでいるのは明らかであった。

立っている方は侍である。帯に挟んだ十手が見えた。安野善右衛門にまちがいない。鬢に白いものが目立っている。瘦《や》せて小柄な、普段は温厚そのものといった顔つきなのだろうが、今、この時ばかりは口を真一文字に引き結んで険しい決意を示している。すると安野は何を思ったか、一度外に出てすぐ戻ってきた。手には柄に近いところの刃に欠けがある丑松のものらしき包丁が握られている。死んでいる辰三のそばに屈《かが》み込むと、胸から包丁を引き抜き、代わりに、持ってきた包丁を胸に刺し入れた。

その後、安野は出て行き、丑松たちの長屋が見える、稲荷《いなり》が祀《まつ》られている桜の木の下に立った。

しばらくして、丑松の姿を長屋の木戸門に認めると、脱兎《だっと》のごとく走って油障子の前に駆けつけた。

――丑松という男《ひと》は辰三さんを殺《あや》めていない、長屋に戻ってくる前にすでに死んでいたのだから――

ゆめ姫は確信した。けれども、その証は、姫が見た白昼夢のほかにはなかった。

――でも、どうして、たぶん安野様と思われる同心はあのようなことを――

「どうしたのです、お顔の色が悪いですよ」

山崎が案じる言葉を口にした。

「いいえ、何でも」

ゆめ姫は無理やり笑って見せて、

「人が人を殺める話には辛いものがございますね」

その場をやり過ごした。

山崎が帰った後、姫は自分が見たことを信二郎に告げた。

「殺してもいない罪で死罪になるのは、酷いお裁きだと思います」

姫は必死のまなざしで訴えた。

「たしかに、その通りなのかもしれませんが――」

信二郎は歯切れが悪かったが、次には、

「丑松が相当の悪であることも真実《まこと》です。山崎はいい加減なことを言うやつではありませんから――。多くの無垢な娘たちに非道な振る舞いをしてきたのは、きっと、事実でしょう。許せない、それがしもそう思います。ですから、それがしは、たとえ丑松が辰三を殺していなくとも、死罪になることは世のためになる、そう、思わずにはいられません」

きっぱりと言い切った。

四

信二郎が帰り、部屋に戻ったゆめ姫は、

――信二郎様はああおっしゃったけれど、やはり、わらわは違うように思う。犯していない咎《とが》で裁かれるのは酷いことだし、間違ったご政道ではないだろうか――

などと、文机《ふづくえ》の上に頰杖《ほおづえ》をついて、思い悩んでいた。

「ゆめ殿、入っていいですか」

亀乃が襖《ふすま》を開けた。

「まあ」

姫は歓声を上げた。

「そば羊羹ですね」

亀乃が手にしている盆にはそば羊羹が一切れと茶が載っている。

「そういえば、帰り際の信二郎はいつになくむずかしい顔をしていましたね。まさか、山崎様と喧嘩《けんか》でも？」

「いいえ、そんな」

首を横に振ったゆめ姫は、亀乃に勧められるままに菓子楊枝《ようじ》をそば羊羹にのばした。一口ほおばって、

「まあ、何てよいそばの香りでしょう」

うっとりとした表情になった。

亀乃のそば羊羹は、山崎が話していたのとは違って、餡が入っておらず、きな粉がまぶされているだけなのだが、それも、またそばの香りを引き立てていた。

「実りたてのそばの実を使いますからね。召し上がったことはないの？」

「はい」

「お母上がおいでにならないんですものね。お祖母上《ばばうえ》は？」

「祖母上様は早くに亡くなりまして――」

「そば羊羹はどこの家でも、秋口に信濃《しなの》等から買い求めたそばの実やそば粉を、無駄にし

ないために作られるのね。古いそばの実やそば粉だとこれほど風味はよくありませんけれど、固める時に黒砂糖を利かせれば不味《まず》くはありません。ですから、あなたのお父上も子どもの頃、お祖母上に作っていただいていたはずよ。もしかして、お父上、甘いものがお嫌いでした？」

「そうでもなかったのですが」

甘党の父将軍には毎日のように、献上《けんじょう》のお菓子が大名家から届いている。だが、どれも贅《ぜい》を凝らしたものばかりで、目の前にあるそば羊羹のような、素朴な菓子は見当たらなかった。

――こんなよい香りなら、きっと父上も好まれるだろうに――

姫は父将軍にもそば羊羹を食してもらいたいと思った。

父を思い出したついでに、

――丑松という男のこと、政《まつりごと》を束ねておいでの父上なら、何とお考えになるのだろうか――

またしても、姫は頭を悩ませはじめた。

「まあ、あなたまで、むずかしい顔をなさっておいでだこと」

亀乃は姫の様子にやっと気づいた。

「先ほどまで、山崎様がおいでになっていましたね。あなたを悩ませているのは、山崎様のお仕事のお話かしら？」

うなずいたゆめ姫は、

「山崎様と信二郎様は同じお考えなのですが、わたくしは――」

「お二人とは違う考えなのですね」

「ええ」

「それであなたは、ご自分の考えの方が正しいとお思いなのでしょう」

「はい」

「わたくしがうかがってもよいのですけれど、山崎様のお仕事のお話なら、総一郎に訊《き》いてみるのもいいかもしれませんよ。総一郎は池本家の嫡男ですからね。茫洋《ぼうよう》とした見かけよりはずっとしっかりしていて、的を射た考えを話してくれるかもしれませんよ」

「ええ、でももう少し考えてみたいので――」

「自分で考えることは大切なことですものね。でも、困った時は遠慮なく言ってくださいね」

「ありがとうございます」

礼を言ったゆめ姫は、方忠の下城を待って、

「話したいことがあります」

廊下で素早く耳打ちした。

「それではあそこで」

そっと囁《ささや》いた方忠は、

「夕餉《ゆうげ》の前、久々に茶を点《た》てて瞑想《めいそう》に耽《ふけ》りたくなった」

亀乃に告げると着替えのために自分の部屋に入った。

その間に、ゆめ姫はこっそりと茶室へと急いだ。

「姫様、お話とは、いったい何でございますか？」

普段の小袖姿で方忠はかしこまってひれ伏している。

「実はこれはとても大事なお願いなのです。是非とも、迷えるわらわの文を慶斉様にお届けしたいのです」

「どうしてものことでございますか？」

意外にも方忠は頭ごなしに駄目とは決めつけなかった。

「はい」

姫はきっぱりと応えた。

「わかりました。実は時折、慶斉様も市中にお出かけになっておいでです。どことは申せませんが、文ならばお届けできます。一橋《ひとつばし》邸にお届けするよりそちらへの方が早くに読んでいただけるでしょう」

――あの寺の住職なら、必ず慶斉様にお渡しくださるから――

「ありがとう、じい」

――慶斉様に文を出すことができる、悩みを、心を伝えられる!!!――

「礼には及びません。わたしは上様の命により、姫様の成長を見守らせていただいております。たとえ表向きは到底無理な頼みでも、理ありと判断すれば、聞き届けよ、無理を通せとのことでした」

「どうして、わらわが文に何を書くかも知らないで、理あり、とじいは思ったのですか？」

姫が首をかしげると、

「姫様のご様子にございます。お城におられる時にはお見受けできなかった、確固たる強いご意志を感じました。慶斉様がそのお変わり様をどうお感じになるかまでは、こちらの与《あずか》り知らぬことではございますが——」

方忠は一度上げた頭をまた下げた。

こうしてゆめ姫は山崎がもたらした丑松の話を、自身の考えも含めて慶斉宛《あ》ての文に書いた。

何日かして、慶斉から届いた文には以下のようにあった。


息災なご様子何よりです。

元気を通り越して、物騒な捕り物に関わり、跳《は》ね廻《まわ》っているあなたのことはよく存じています。

あなたは丑松が辰三殺しで裁かれるのが解せないというのですね。

わたしも同感です。

わたしも丑松という男が、辰三を殺していなかったとしたら、たとえ、如何《いか》に非道な人間だとしても、その罪を問うのは反対です。ご政道の一端であるお裁きとは、常に公正で理路整然としていなければならないと思っているからです。

〝山崎様や信二郎様は別のお考えのようなので――〟と、文にありましたが、安野がわざと丑松を罪に陥れたのでは、とあなたは疑っているようですね。

その理由はあるのでしょうか？

理由なしに決めつけるあなたではないはずなので、何か重要な手掛かりを摑《つか》んでいるのでしょうが、その手掛かりがあなたを窮地に陥れるやもしれません。どうか、くれぐれも身辺にお気をつけください。

この件《くだり》でゆめ姫は大きくため息をついた。

――手掛かりが、市中に出てからさらに増した夢力とは申し上げられないわ。誰にでもわかる確たる証などないのだから、身辺をご心配いただく必要などないのだけれど――隠すつもりはなかったのだけれど、言いそびれてしまった。信二郎様をはじめとする池本家の方々、大奥にいる藤尾《ふじお》や浦路まで知っているというのに――

一瞬、姫は慶斉の存在を遠く感じた。

慶斉の文は続いている。

それから気になったので、起居している池本家の者たちだけではなく、あなたと関わっている町奉行所与力の秋月修太郎、同心の山崎正重について調べさせました。

また、池本方忠が秋月修太郎を幼い頃、行方知れずになった次男信二郎として、生きている事実を認めるよう、目付まで願い出ていることがわかりました。ただし、奉行所での通り名は今のままの秋月で、この先、分不相応な出世は望まないと当人が言い張っているので、行方知れずの箇所だけが訂正されるようです。

上様の側用人の子息だと知れたのに、町与力を続けている秋月は面白い人物のようです。謹厳実直を絵に描いたようなあの池本方忠の血を引いているというのに、秋月は戯作の才もあるようですし――。拘《こだわ》りなく自由に生きようとしている秋月修太郎、池本信二郎が羨《うらや》ましいです。あなたに似たところがあるようにも思いました。

気が合うのではありませんか？

ともあれ、お役目に忠実で剣術に長けた山崎ともども、あなたの良き守りとなってくれることを切に祈ります。

慶斉

ゆめ姫様

――さすが慶斉様、信二郎様だけではなく、山崎様のことまで調べておられる。それにひきかえ、わらわときたら、何一つ、最近の慶斉様のことを存じ上げない、知りたい――

姫は焦りにも似た慶斉への思慕に駆られた。そこで、残しておいた八ツ刻《どき》（午後二時頃）の花林糖《かりんとう》を懐紙に包んで袂《たもと》に入れると、池本家の庭を歩いて裏門からそっと抜け出した。

——屋敷にいて叔母上様にいろいろ教えていただいたり、お手伝いするのは楽しいけれど、慶斉様については、何一つ、知ることができないような気がする——

急《せ》く気持ちが姫を先へ先へと歩ませた。

——こうして歩いていれば、慶斉様と出会えるような気もする。白昼夢で慶斉様が見えて、居場所がわかるかも——。ああ、でも、白昼夢はどこにいても、たとえ、池本の屋敷にいても見えるはずだわ——

ゆめ姫が悶々《もんもん》と心を揺らし続けていると、ぜいぜいと息を切らしながら、町人髷で棒縞《ぼうじま》木綿《もめん》の着物の若い男が向こうから歩いてきた。

五

——何と、歩くのもやっとやっとのご様子——

案の定、相手は姫とすれ違いざまにばたりと倒れた。

「まあ、大変」

ゆめ姫はすぐに駆け寄って助け起こした。さすがにもう、慶斉への熱い想いは影を潜《ひそ》めている。

「どこか、お悪いのでしょう？　誰か人を呼んできます」

後にしてきた池本の屋敷がある方向を振り返ると、

「だ、大丈夫です」

男は気までは失っていなかった。

「でも――」

相手の顔は相当窶《やつ》れて見えた。

「それがしも大丈夫だと思います」

姫の背後に信二郎が立っていた。

「池本へ行くのに、たまには道を変えてみようと思い立ち、わざと遠廻《とおまわ》りをしていたら、あの辻《つじ》の先にあなたの姿をみつけたのです」

信二郎は姫が通ってきた辻の方を見た。

「腹が減っているのでは？」

信二郎に訊かれると、男はこくんと頷《うなず》いた。

「それでは――」

信二郎は懐に入れて温めていた金鍔《きんつば》の袋を取り出した。

「さあ――」

勧められた男は一つ目だけは躊躇《ためら》った様子で手にしたが、後の数個は両手が空いた胃の腑《ふ》にでもなったかのように、忙しく摑んでは頬張《ほおば》り続けた。

「これもいかがです？」

ゆめ姫は懐紙に包んで持っていた花林糖を思い出すと、袂から取り出して広げた。

「いただきます」

男は目を輝かし、あっという間に平らげてしまった。

空腹がおさまって人心地ついたところで、

「てまえは大伝馬町《おおでんまちょう》の木綿問屋縞屋《しまや》の手代をしております増吉《ますきち》と申します。急場をお助けいただきありがとうございました」

増吉はきちんと座り直して頭を垂れた。

「使いか？」

信二郎が訊くと、

「ええ、まあ」

増吉は言葉を濁した。

「あのようになるまでとは、主《あるじ》の人使いは度が過ぎているな。意見しておこう」

信二郎のこの言葉に増吉は、

「と、とんでもございません。こ、これはどうしても探しださなければならない相手のためなのです。なかなか見つからなくて――。てまえが悪いのでございます、てまえが――」

しどろもどろで顔色を変えた。

「話してごらんになりませんか？」

ゆめ姫は微笑んで水を向けた。

当人は少しも気がついていなかったが、相手に安らぎと癒しを与える、何とも慈悲深い微笑みであった。

「われらも多少の役には立つかもしれぬ」

信二郎も促した。

「どなたをお探しなのでしょう？」

姫はさらに踏み込んだ。

「ね、猫でございます。お嬢様の千草《ちぐさ》様が飼われている猫で名は喜八《きはち》、赤トラと言われる、赤みがかった毛のトラ猫で、猫とはいえ惚《ほ》れ惚《ぼ》れするほど姿のいい雄猫《おすねこ》で——。いったいどこに行ってしまったのか——」

増吉は泣くような声を出した。

「猫か——」

信二郎は不審な表情で、

「おまえの奉公先の縞屋は大伝馬町にあるのだろう？　ここはそこからはかなり遠い。猫は飼われている場所から、さほど遠くへは行かぬものだぞ。このあたりに居るとは思えない」

首をかしげた。

「喜八の立ち回りそうな場所はすでに探し尽くしました。ここへ足を向けたのは、もしやと思ってのことでしたが——」

増吉はがっくりと肩を落とした。

「増吉さんとおっしゃいましたね、あなたはその喜八の世話をなさっていたのですか？」

「はい」

「失礼」

ゆめ姫は増吉の両袖に手で触れて、

——世話をしていれば着物に毛や匂いがついているはず。これで喜八の白昼夢を見ることができるかもしれない。そうしたら、きっと居所もわかる——

目を閉じてみた。

ところが、

——ああ、駄目だわ——

瞼《まぶた》の中は漆黒の闇に閉ざされていた。

再び増吉に目を凝らして、下駄《げた》の鼻緒に巻き付いていた金茶色の毛を摘み出して、先と同様に試みてみたが、結果は同じだった。

——どうしたのだろう？　もしかして、わらわに猫との馴染みがないせいかしら？——

猫は化けたり、祟《たた》ったりするという迷信のせいで、大奥ではあまり好まれない。

幼いゆめ姫が親しんで可愛がったのは、大きな猫ほどの大きさの犬の狆《ちん》であった。

「忘れていた」

ゆめ姫の苦慮を察知した信二郎は、増吉に自分の身分を名乗り、ゆめ姫は親戚《しんせき》の娘だと告げて、

「この人には祈りの才がある。喜八が早く見つかるよう、祈ってくれたのだ」

言い添えた。

「ならば是非」

増吉はすがりつかんばかりの表情で、

「もともとお丈夫ではないお嬢様は喜八がいなくなったせいで、病が酷くおなりです。心配のあまり、旦那《だんな》様やお内儀さんは夜もろくろく眠れぬほどです。おゆめ様、どうか縞屋にお運びいただいて、お嬢様の病が治るよう、お祈りいただけませんか？」

ゆめ姫に迫った。

――そんなことを言われても――。祈禱《きとうし》師などではないわらわに病は治せぬ――

ゆめ姫に困惑しきった顔を向けられた信二郎は、

「考えておこう、ゆめ殿も忙しい身だ」

さらりと躱《かわ》すと、

「さあ、まいろう」

姫を促して増吉に背を向けた。

池本家へと向かう途中、

「もしや、あなたは母上に何も告げずに屋敷を出られたのでは?」

姫は信二郎に訊かれた。

「ええ」

小声で頷くと、

「何か、母上とでもあったのですか?」

信二郎は案じ、

「いいえ、そんなことはございません」

ゆめ姫はきっぱりと応えた。

――まさか、じいのところにいるだけでは、慶斉様に近づけない気がするからなどとは言えやしない。それで、あてもなく屋敷を抜け出してふらふらしてたなんて、とても――

「それでは母上には内緒にしておきましょう。あなたは裏門からお入りなさい。それがしは表から」

姫は言われた通りにして、足音を忍ばせて自分の部屋へと辿り着いた。

「ゆめ殿、ゆめ殿」

しばらく時が過ぎ、亀乃の声が近づいてきて、

「信二郎が来てくれました。お八つを拵えたので、皆でいただきましょう」

「はーい」

姫は元気に返事をして座敷へと向かった。

「あなたたちがそば羊羹を美味しいと言ってくれたので、励みになりました」

亀乃が拵えたのはそば餅とそばがきぜんざいであった。

一口で食べられる丸いそば餅には、砂糖入りのうぐいす豆粉がまぶされて、菓子皿の上に供されていた。

一方のそばがきぜんざいは、小豆の形を残してこってりと煮たぜんざいの椀《わん》の中に、餅代わりにそばがきが浮いている。

二品を食べ終えた信二郎は、

「同じそば粉を使ったものなのに、食感がちがいますね。母上はいったい、どんな工夫をされたのです?」

亀乃に訊いた。

——叔母上様の楽しそうなこと。じいや総一郎様は何を出されても、黙々と食べるだけだから、なおさらなのだわ——

信二郎は、とかく亀乃の作る料理に興味を示すのである。それがまた、亀乃にはうれしくてならない様子であった。

——たしかに、そば餅はぜんざいに入っていたそばがきよりもずっと柔らかで、本物のお餅のようだったわ。あ、でも、お餅よりずっとさらっとあっさりしてた——

ゆめ姫も興味津々でいると、

「そば餅にはそば粉だけではなく、上新粉（米粉の一種）を混ぜているのですよ。うぐいす豆粉との取り合わせはなかなか優しいお味でしょ？　そばがきの方はそば粉だけなので、ねっとりした独特の歯応えがあるはず。ぜんざいは小豆の皮が残っているせいで、結構、強い風味と味わいなので、それに負けないようにこのそばがきを入れてみたんですよ」

亀乃はにこにこと笑いながら説明してくれた。

「作り方は？　そば粉が出回って、もう少し安くなったら、是非試してみたいのです」

信二郎は真顔でさらに訊いた。

「そばがきは粉に熱湯を加えてよく煉《ね》るだけですが、そば餅の方は蒸籠《せいろう》で蒸すのです」

「なるほど、そば餅の方が手間がかかるのですね。でも、それだけの価値はありますね」

「わたくしもそう思います」

ゆめ姫も同調して、

「庭のそばの実を挽いた粉はもうなくなってしまいましたけれど、たしかに出回りの時季はもうすぐですね。そのうち、作りますからまた、是非召し上がってくださいね」

亀乃の目に光るものがあった。

――長い歳月を離れ離れに過ごしていて、やっと会えたわが子なのだもの、無理もないわ――

信二郎の背中を見ている亀乃の目がまた濡《ぬ》れた。

六

その夜、ゆめ姫は、一瞬、いなくなった、飼い主の娘の病を重篤《じゅうとく》にしているという猫のことを思い出したが、

――今は安野様のことだけを――夢よ、本当のことを教えて――

姫は安野善右衛門がなにゆえに、あのような卑劣ともいえる行為をしたのか、どうしても知りたかったのである。

夢の中で姫は春の土手を歩いていた。大川が見えている。桜が咲いている。

――大川の土手だわ――

姫は浮世絵を見て知っていた。

――こんなに沢山の桜、はじめて見たわ――

大奥の桜も庭師たちが丹精《たんせい》している選《え》りすぐりのものだが、大川の土手の桜には及ばない。

――やはり、市中は素晴らしいのだわね――

ため息をついたところで、ふと気がつくと、隣に安野善右衛門がいた。にこにこと温和な笑顔を向けてきて、

〝どちらからお出かけですか〟

姫に話しかけてきた。

〝あ、いえ〟

咄嗟に池本家のあるところが思い出せず、

〝そば餅でも、もとめようかと――〟

これしか思いつかなかった。

〝ここにそば餅はありません。あるのは桜餅です〟

〝桜餅――〟

これは知っていた。大奥への献上の品に入っていたからである。

〝桜の葉のよい香りがしますよ〟

〝よい香りならば、採れ立ての実を粉に挽いて作るそば餅も同じですね〟

〝桜の葉も採れ立てのそばもよい香りで人を癒してくれます。はて、それだけの値打ちが、全《すべ》ての人にあるかどうかはわかりませんが――〟

〝それ、どういうことなのでしょう？――〟

〝人と言えない、人の道から外れる人でなしも桜餅を食べるということですよ。よい香りのそばの実からは考えられないほど、そばの花が悪臭を放つことは御存じでしょう？　これを人に例えるならろくでなしの悪党です〟

そう言い切った安野は、丑松に辰三殺しの罪を着せるべく、小細工をしていた時と同じ、並々ならぬ決意を固めた、とりつくしまのない表情になった。

すると突然、赤い毛氈《もうせん》が敷かれた縁台が見えた。縁台の上にはちらちらと降るように、桜の花びらが散っている。

幼い少女と一緒に若い女が腰かけていて、茶屋の主が桜餅と茶を運んできた――。

そこでゆめ姫は目を覚ました。

早朝、八丁堀まで出向いて、信二郎にこの話をした。

「わからないのは、人でなしと安野様がおっしゃった相手なのです。なぜ、そんなことをおっしゃったのか――」

「たしかに、若い女と女の子が人でなしとは思えませんね――。どんな様子でした？」

「女の子は桜の模様の着物を着ていました」

「おそらく花見のためのよそゆきでしょう。女の子の家はそこそこ豊かですね」

「女の人の方はたいそう艶やかでした。いつだったか、会ったことのある役者さんのようでした」

遊興好きの父将軍は時折、大奥に歌舞伎《かぶき》の一座を呼んで芝居をさせることもあった。

「ほう、厚化粧でしたか」

「ええ、でも、とても綺麗《きれい》で――」

「ともあれ、桜と安野殿が出てきた夢に、丑松は現れなかったのですね」

信二郎は念を押して、

「となると、あなたが前に見た、安野殿が丑松を罪に陥れようとしたという白昼夢は、実は、安野殿ではなかった、見間違えていたというようなことはありませんか？」

「そんな――」

ゆめ姫は顔色を変えた。

——わらわの夢力が疑われている?——

「それがしは常人には無い、あなたの夢力の強さを頼もしく思っています。けれども、あなたに限らず、どんな力も万能ではないはずです」

——わらわがいなくなった猫の白昼夢を見られず、居所を突き止められなかったことをおっしゃってるんだわ——

「わたくし、決して見間違えてなどおりません」

ゆめ姫はきっぱりと言い切って信二郎を一睨《ひとにら》みしてから役宅を出た。

その後ろ姿を見送った信二郎が、

「あれでいいんだ、ああでも言わなければ、ゆめ殿の夢に狂いが出てくる——」

呟いたことを姫は知るよしもなかった。

その夜、ゆめ姫はなかなか寝つけなかった。

——どうして、あんな振る舞いを信二郎様にしてしまったのだろう——

悔やまれてならない。

——もとより、信二郎様たちはわらわの考えがお気に染まぬのだ——

さらに、また、

——嫌われてしまっただろうか——、でも、別に信二郎様は慶斉様ではないのだから、嫌われたっていいのだけれど——

そんな埒《らち》もないことばかり、繰り返し思い悩んで眠れぬ夜を過ごしたのである。

それでも明け方近くになって、姫は少しうとうとした。

夢の続きが見えた。

桜の散る縁台に腰かけていた若い女が鏡に向かって、化粧を終えたところであった。手にしているのは芝居の台本だとわかった。

以前、大奥を訪れた役者たちが、化粧をしながら芝居の台本をさらっているのを、ゆめ姫は持ち前の好奇心から、こっそり、楽屋となっている部屋を覗《のぞ》いて、目にしたことがあったのである。

――やはり、役者さんだった、でも――女の役者さん？――

すると、突然、目にしていた女の銀杏髷《いちょうまげ》の額の上に紫色の野郎帽子が載った。

――やっぱり、これは――

大奥の楽屋で見た女形役者の髪形であった。額帽子《ひたいぼうし》ともいわれる、額の覆いは女形ならではの髪飾りであった。

――ということは――

ゆめ姫は目を瞠《みは》った。

そのとたん、野郎帽子が外れて、銀杏髷が崩れはじめ、無造作なまとめ髪になった。どこかで見たような顔だったが、まだ、わからない。

次に鹿子《かのこ》緋《ひ》縮緬《ぢりめん》の着物がするりと脱げた。目張りや口紅が消えた。そこで、女形は牡丹《ぼたん》刷毛《はけ》を手にした。刷毛を持つ手が動くたびに、白粉《おしろい》が剝《は》がれていく。やや青味がかった肌色が露《あら》わになった。

〝丑松さん〟

夢の中でゆめ姫は叫んだ。

たしかにこの時の男は、前に見た夢の丑松よりも、もっと若い頃の丑松だった。

一度見たら忘れない、男前なだけにぞっとさせられる非情な目は昔も今も変わっていない。

〝丑松さん〟

姫が繰り返すと、どこからか、

〝その通り、あれは丑松ですよ〟

安野の声が聞こえてきた。

〝悪いやつです。あれほど悪いやつはほかにいません〟

〝悪いやつ、悪いやつ〟

声が繰り返し響くと、一瞬、何も見えなくなって、次にはぽんと桜の模様の螺鈿の文箱の蓋が開いた。

中から出てきたのは、以前の夢に出てきていた姉さま人形だった。

前の時と同様、姉さま人形は涙を流し、帯のあたりから血を滲《にじ》ませていた——。

この日は昼過ぎて信二郎が訪れた。

「夢を見たのなら、その話を聞かせてください」

姫から夢の話を聞いた信二郎は、

「そうでしたか、やはり、茶屋の女は役者に化けた丑松でしたか」

少しも驚かなかった。

「わかっておいでだったのですね」

驚いたのはゆめ姫の方であった。

「夢で女が派手な形《なり》をしていて、厚化粧だったと聞いて、もしやと思ったのです。口に出さなかったのは、あなたがそう信じこんでしまうと、いけないと思ったからです」

「たしかに信じた通りに夢を見てしまうことは、あり得ますね」

「そうすると、あなたに訴えている死者の声が聞こえにくくなる――それで、わざとあなたの夢力を疑うようなことも言いました。真実を突き止めるためとはいえ、申し訳ないことをしました」

信二郎は頭を垂れた。

――そうだったのね、気がつかなかったわらわは何と愚かだったのだろう――

姫は正直ほっとしつつ、

「死者？　わたくしに何かを報《しら》せようとしているのは、安野様では――」

今、最も気掛かりなことを口に出した。

「いや、姉さま人形に宿った魂のように思えます、間違いありません。それが安野殿を通じて、真実をあなたに報せようとしているのです。あなたの見ている夢には、ずっとつながりがあったのですよ」

「けれど、いったい、誰の魂なのでしょうか」

そこで、ゆめ姫は、はっと思い当たり、顔色を変えた。

「もしかして、一緒にいた女の子――」

ゆめ姫の言葉に、

「丑松は役者に化けて、どこぞの女の子たちを拐かして、人買いに売っていたのではないかとそれがしは思います。とりあえず、山崎に、丑松についてくわしい悪行の数々を訊いてきます。丑松と、あなたが見たという女の子は、どこかで必ず関わりがあるはずですから」

南町奉行所へ向かうべく、信二郎は立ち上がった。

信二郎が要件を告げると、山崎正重は、

「今更、丑松のことを調べて何とするのです？　これほど罪の証が出揃《でそろ》っては打ち首に決まったも同然――」

渋い顔になった。

「念のためだ」

信二郎がもう一押しして、

「丑松についてなら、安野殿が一番知っているはずです」

安野善右衛門が呼ばれた。

安野はゆめ姫が語っていた通りの、温厚そうな中年者であった。

「丑松のこれまでの所業を教えてほしい」

信二郎は率直に訊いた。

「丑松なら、五年前の一時、市村座《いちむらざ》の女形見習いでした」

安野は淡々と語り始めた。

「女形は辛抱のいる修業ですからね。すぐに嫌気がさして、拐かしで食いつなぐ、あこぎなごろつきになったのです」

「丑松が小さな女の子を拐かしたという話は？」

信二郎は切りだした。

「小さな女の子？　それは何かの間違いでしょう。あやつが餌食《えじき》にするのは、年頃で器量好しの農家の娘ばかりですよ。掠うところを通りがかって見たという江戸の商人もいるぐらいですが、何しろ、こちらは朱引外のことなので、縄をかけることができませんでした。口惜《くちお》しい限りです」

安野は温和な目を尖《とが》らせた。

安野善右衛門が下がった後、

「ということです。お気が済まれましたか」

山崎に念を押されると、

「悪いが安野殿にはわからぬように、五年前に遡《さかのぼ》って、江戸市中で行方がわからなくなった子どもの名を、全部、調べてほしい」

信二郎は有無を言わせずに頼んだ。

常にない信二郎の思い詰めた様子に、

「わかりました。今すぐ取りかかって調べ、明日の朝、必ずお報せします。伺うのは役宅でよろしいですか？」

山崎もまた真剣な面持ちになった。

「有り難い、朝四ツ（午前十時頃）過ぎに池本の方に頼む」

信二郎は役職こそ下だが、有能な幼馴染《おさななじ》みに頭を垂れた。

七

翌日、池本家を訪れた山崎は、

「五年前に神隠しに遭《あ》った子どもは三人。一件は師走《しわす》の歳《とし》の市、もう一件は山王祭《さんのうまつ》り、あと一件が大川土手です」

座敷で信二郎とゆめ姫の顔を見るなり、あたふたと告げた。

「大川土手となると、花見だな」

そう言って、信二郎はそばにいたゆめ姫に目くばせした。

「そうです。塗り物問屋直江屋《なおえや》の一人娘、あい、五歳が母親と一緒に桜を見に出かけていなくなっています」

走ってきた山崎は生来《せいらい》暑がりのこともあって、汗の噴き出た額と首を手拭いでまだふいている。

「間違いないな」

「間違いありませんね」

信二郎とゆめ姫は声を合わせ、顔を見合わせて、うなずきあった。

「二人して、気を合わせてますね、何を言いたいんですか？」

山崎はやや不機嫌になり、

「あなたが追及していたのは丑松ではなかったのですか？　わたしにはまださっぱりわかりません」

むくれた顔で二人を睨んだ。

「今はまだ何も言えない。だが、今少し待ってくれ。必ずわかる。そうしたら、いの一番に報せる」

信二郎の言葉に、

「ま、これには、ゆめ殿の夢力も関わっているようだし、仕方ないでしょうね」

山崎はゆめ姫に話しかけるのだけは忘れず、渋面のまま帰って行った。

翌日、信二郎はあいという名の女の子がいなくなった、日本橋北にある塗り物問屋直江屋へ仔細《しさい》を訊《たず》ねに行った。

信二郎が直江屋へ行っている間、ゆめ姫は白昼夢を見た。

桜の模様の螺鈿の文箱の蓋が開いて、姿を見せた姉さま人形はすでに人の顔だったが、泣いてはいなかった。美しいが寂しそうな若い女の顔をしていて、その微笑みは母親の慈愛に溢《あふ》れていた。

——この方があいという女の子のお母様なのだわ——

姫は確信したが、

「直江屋のお内儀、お八重《やえ》はもっと年配の女《ひと》でしたよ。目に入れても痛くないあいちゃんがいなくなってからというもの、ずっと、寝たり起きたりの半病人のような暮らしぶりのようでした」

直江屋から戻ってきた信二郎は、首をかしげた。

「それから、あいという娘は、直江屋の主夫婦の養女だったんだそうです。お内儀のお八重は千代紙細工が好きで、千代紙や細工物を商う、彩屋《いろどりや》という小さな店を贔屓《ひいき》にしていて、それが縁であいちゃんを引き取ったのだと聞きました」

——さっきの姉さま人形の顔は、あいちゃんの本当のお母様なのだわ——

「あいちゃんは彩屋の一人娘おし津《づ》が生んだ子で、父親がいないのは、火事で命を落としたからなんだそうです。祝言はまだでしたから、火消しだった父親は、あいちゃんが生まれることも知らずに死んだのです。月満ちておし津はあいちゃんを生み、入れ替わるように年老いた父親が死ぬと、一人でささやかな商いを切り盛りしていたようです。ところが、あいちゃんが一歳の冬、運悪く何人もの人が死んだ、悪い風邪《かぜ》におし津も罹《かか》り、〝可愛い、可愛い〟と我が子のように可愛がって、あいちゃんの顔を見に立ち寄る、子宝に恵まれない直江屋のお内儀に、〝あたしにもしものことがあったら――〟と、あいちゃんを託し、何日かして亡くなったのだそうです」

――姉さま人形はおし津さんだったのね――

「それから、安野は塗り物が好きで、もう、ずいぶん前から直江屋に通っている馴染みの客だそうです」

「もしかして、螺鈿の細工がお好きでは――」

「その通りです。特に手間も技もかかる、螺鈿の細工には目がなくて、大奥から注文を受けて、桜を真珠貝で模した螺鈿の文箱が出来上がってきたと聞いた時は、是非、納める前に一度見せて欲しいと言われて、見せたこともあるほどだと聞きました」

――ああ、それで、姉さま人形に姿を変えたおし津さんの霊は、大奥の納戸にしまいこまれている螺鈿の文箱と、安野様を操ることができたのだわ――

「子ども好きでもある安野は、あいちゃんのことを可愛がっていて、いなくなった時は、寝る間も惜しんで探したのだそうです。その折、あいちゃんと一緒にいるのを見たという者たちから、若く綺麗な役者の話も出ていたのだそうですが、どんなに探しても、行方はわからなかったとか――」

——あいちゃんと一緒だった丑松が役者の形をして、あいちゃんを掠ったことを、おし津さんが伝えてきたのは、あいちゃんを案じる、安野様の想いも加勢していたのね——

その夜、ゆめ姫は姉さま人形に導かれる夢を見た。

螺鈿の文箱の蓋が開くと、おし津の顔をした姉さま人形が宙に舞い上がった。すーっと蜻蛉《とんぼ》のように飛び続けて行く。見ている姫の身体《からだ》は動いていない。けれども、見えている景色が次々に変わって行く。

昼間の景色である。姫がまだ足を運んだことも、見たこともない、さまざまな表情の江戸の町が見える。

姉さま人形は大川の土手の近くにある、寂《さび》れた寺に入って行った。朽《く》ちかけている扁額《へんがく》は、山水寺《さんすいじ》とかろうじて読める。寺の中にある杉の木の幹にぴたりと貼りつく。姉さま人形の目は木の根元を見据えている。

——あいちゃんはそこなのね——

姉さま人形はうなずいた。

ゆめ姫はこのことを信二郎に伝えた。

「それでは——」

すぐに信二郎は山崎のところへ行く支度をはじめた。

「梅乃の時は夜でしたので、陽《ひ》の光に会うことができませんでした。長い間、暗い闇の中に閉じ込められていた恐ろしさを思うと、せめて、見つけ出した時ぐらい、骸《むくろ》に陽をいっぱいに浴びさせてあげたいと思っています」

信二郎の顔は思い詰めている。

「優しいのですね」

今は亡き梅乃への強い想いも感じられた。梅乃は秋月修太郎の従妹であった。強欲な夫の犠牲になって殺され、土中深く埋められているのを、夢で訴えられたゆめ姫が信二郎の手を借りて探したのであった。

「あれで供養ができて、梅乃がきっと成仏できていると思えるのも、あなたのおかげです」

「でも、あなたは――」

ゆめ姫は眉を寄せた。

「わたくしが安野様が丑松の長屋でしたことを申し上げた時、あなたは見間違いではないかとおっしゃいました。真実を突き止めるための苦渋の決断で、あえておっしゃったと後にあやまってくださいましたが、あなたの言う通り、力というものは、どんなものであっても万能ではないとわたくしも思うのです。そう思うと、わたくし、今、急に自信がなくなりかけています」

山崎を動かす以上、言いつけられた小者たちが杉の木の下を掘ることになる。

「もし、そこにあいちゃんがいなかったりしたら、お立場上、お困りになるのでしょう？」

ゆめ姫の顔がやや青ざめた。

信二郎は、

「わたしはあなたの見たことを信じています。あなたが夢に見た以上、あいちゃんがいないなどということはありますまい」

そう言い切ると、山崎に報せるために池本家を出て行った。

翌日、山水寺の杉の木の下が掘り起こされ、桜の絵柄の着物を着た小さな骸が見つけられた。

立ち会ったという信二郎に、

「一緒に姉さま人形はありませんでしたか？」

ゆめ姫は訊かずにはいられなかった。

「いや、そのようなものはありませんでした」

「そうでしたか」

「骸のほかにあったのは匕首《あいくち》です。命を奪った匕首が、胸に突き刺さったままあったのです」

「その匕首は丑松さんのものですね」

「わかりません」

「ということは──」

「それだけでは、丑松の仕業という決め手にはならないのです」

信二郎は口惜しそうに唇を嚙《か》んだ。

「そうですか――」

うなずいたゆめ姫に見えたのは、〝丑〟の字の入った匕首だった。柄に〝丑〟と刻まれた匕首が、深々とあいの胸を貫いている光景が広がった。

「いいえ、そんなことはありません。丑松さんのしたことです」

そう叫んだ姫の耳元で、

――お願いです。下手人に罪を認めさせてください。そうしなければ、あいもわたしも成仏できないのです――

女の細い声がした。おし津である。

「よく調べれば、必ず丑松さんのものだという証があるはずです」

ゆめ姫は信二郎を見つめて言った。

だが、自分の口からなぜ、そんな言葉が出るのかわからない。

――何でわらわはこんなことを言い出すのだろう――

意志とは関わりなく言葉が出て行く。

「しかし、そんなことはあり得ません。なぜなら、その匕首をつぶさに調べ尽くしたのはそれがしだからです。〝丑〟などどこにも刻まれてはいませんでした」

反論する信二郎に、

「丑松を再び詮議するよう、今、すぐ、奉行所へ行って、山崎様に知らせるのです」

ゆめ姫は威厳に満ちた重々しい口調で言い放った。

――ゆめ殿ではない、別人のようだ――

信二郎は驚いたものの、奉行所へと急いだ。丑松に白状させる方法、証となるものが他にないかと考えながら。

信二郎からゆめ姫の言葉を聞いた山崎は、塗り物屋直江屋の娘あい殺しの咎で、丑松を白州に引き出した。

見込み違いだったのは、山水寺であいの遺体が出たと知らされると、匕首のことを持ち出すまでもなく、丑松があっさり咎を認めたことであった。

「どうせ、俺は死罪になる身だからな。今更、隠し立てをしても仕様がねえ、吐いちまうよ。直江屋の娘とわかって掠ったんだよ。あそこは江戸一番の塗り物屋だからな。たんとお宝があるだろうし。掠って、文を届けて、たんと小判をせしめる気だったんだ。ところが、あのガキ、帰りたい、帰りたいと大泣きして、大騒ぎしやがるし、生かしておくわけにはいかなかったのさ。けど、返す返すも、首を締めねえで、匕首で始末をつけたのが悔やまれる。殺して埋める時に抜こうとしたんだが、これがいくらやっても抜けねえんだよ。石を刺したんじゃねえかって思ったほどだ。おおかた、はじめての殺しだったもんだから、気がおかしくなってたんだろうが、何ともいやーな気がしたぜ」

変わらぬ冷たい表情で言ってのけた。

この夜、夢にはおし津が現れた。

〝あたしたち母子《おやこ》を救っていただき、ありがとうございました〟

おし津は深々と頭を垂れた。

さすがにもう、姉さま人形の姿ではなかった。洗いざらしの格子縞の着物を纏《まと》っているが、その顔は晴れやかであった。

〝おあいの亡骸《なきがら》から刺さっている匕首を抜けないようにしたのは、このあたしです。ああしておかないと、おあいがどうしてあんな可哀想《かわいそう》な目に遭ったのか、遭わせたのは誰なのかを、どなたかに頼んで、突き止めていただくことができないと思ったからです。あのまま、埋められて捨て置かれては、おあいは自分の身に何が起きたかもわからず、ずっと暗い闇の中で怯《おび》え続けるだけでしたから〟

〝安野様、姉さま人形に託して、あいちゃん自身が訴えているかのように、わたくしに見せたのもあなたですね、おし津さん〟

〝はい、そうしないと、なかなか、事情をわかっていただけないと思ったのです〟

〝一つ、不思議に思っていることがあります。なぜ、姉さま人形なのです？　どうして、姉さま人形に、あのようなさまざまな心を宿させることができたのでしょう？〟

〝あたしの育った彩屋は千代紙屋でございます。父の顔を知らずに生まれたおあいが、あたしは不憫《ふびん》でなりませんでしたが、しがない千代紙の商いでは、雛節句《ひなせっく》になっても、人形一つ買い求めてやることができません。それならばと、思いついたのが、姉さま人形でした。姉さま人形のお雛様なら、店のいくらでもある千代紙で、贅を尽くして拵《こしら》えてやることもできるだろうかと――〟

おし津はふっと優しく目で笑った。

〝夢に出てきた姉さま人形は、あなたの想いがこもった、手作りの内裏雛《だいりびな》だったのですね。よくわかりました――〟

ゆめ姫は得心した。

〝直江屋のお内儀さんが、おあいのために立派なお葬式を出し、亡骸を手厚く葬ってくださるそうです。これでやっとあの子も成仏できます。ほんとうにありがとうございました〟

そこで、おし津の姿は消えて、姫は夢から覚めた。

翌日、安野善右衛門は己を恥じて自害した。山崎に宛てた文には、十手を預かる者として許されざる行為だったと、深い反省の意がしたためられていた。

それから何日もたって、

「不思議な話を聞きました」

池本家を訪れた信二郎が告げた。

「山崎から聞いた話です。何でも、日々、あいちゃんの墓前に姉さま人形が手向けられ続けていて、それはそれは雅で見事なものだそうです。花を供えにやってきていた、直江屋のお内儀が、はじめてそれを目にした時、ちょうど、空模様が気になる夕方でした。お内儀は姉さま人形が雨に濡れてはと気にはなったものの、そのままにして帰りました。ところが、次の日、訪れてみると、濡れた様子のない姉さま人形がある。次の時も、次の次の時も同じことが起きて、ある日、とうとう、お内儀は、その姉さま人形を持ち帰って、仏壇のあいちゃんの位牌《いはい》の前に置いたところ、やっと墓前に姉さま人形が手向けられなくなったそうです」

「姉さま人形はおし津さんですよ」

「直江屋のお内儀もそう言っていたそうです。おし津さんが姉さま人形作りの名人だったことを思い出したのです。お内儀は、せめて、あの世でくらい、母子で身を寄せ合っていたいのだろうと言って、貰《もら》い泣きしていたとか――」

一方、丑松は無残な死に方をした。斬首《ざんしゅ》される前に牢《ろう》の中で果てたのである。

「何とも恐ろしい死に方だったそうですよ。誰も何も聞こえないというのに、何人もの女の名を、おかね、おふみ、おとら、おさだ、おみつ、およし、おなべと呼び、〝許してくれ、許してくれ、俺をそっちに呼ばないでくれ〟と叫んで、怯え続け、頭を牢の壁に何度も何度も打ちつけて、血まみれになっても、なお、息絶えるまで続け、狂い死にしたと聞きました」

「まあ――」

ゆめ姫は目を閉じてみた。

丑松に拐かされて売られ、家畜のように働かされて、のたうちまわって死んでいった女たちが、丑松を取り囲んでいる。

丑松が未来永劫《みらいえいごう》、指一本、動かすことができずにいるのは、女たちの冷えたまなざしに見張られているからであった。

やがてその氷のように冷ややかな光は、集まって一筋の青い炎になり、大蛇となって丑松の周りをぐるぐると廻りはじめた。丑松に感じられるものは、もはや、女たちの恨みだけであった。恨みが集まって、ぴかぴかと白く光る針の山が築かれている、漆黒の孤独地獄の穴へと丑松は堕《お》ちていく——。

〝いやだあ、いやだあ、これだけはいやだあ、許してくれえ〟

ゆめ姫には丑松の心の叫びが聞こえた。

——この世で償う気持が多少でもあれば、ここまで酷くは裁かれなかったものを——

そうは思ったが、これはもうあの世での裁きであった。この世にいる姫にはもう、どうすることもできない。

目を開けようとして、ふっと光が遮った。見えたのは包丁だった。じっと落ち着いて目を凝らして見ると、そこは主が骸になっていた辰三の長屋である。

安野が丑松の包丁とすり替えた際、辰三の胸から抜いた包丁を咄嗟に隠したのだろう。竈《かまど》の下がきらっと光ったのは、滑り込まされた刃の切っ先だった。

次に見えたのは、思い詰めた表情で、包丁を握りしめ、今、まさに、胸を突き刺そうとしている辰三の姿だった。

——そうだったのだわ、辰三さんは自分で死を選んだのだわ。病を苦にして苦しみのない場所へと旅立たれたのでしょう。霊が浮遊していないのは成仏されたからね——

この時、極楽の蓮池《はすいけ》が鮮明に見えた。痩せて小柄な四十絡みの男の姿がふんわりと靄《もや》のように立っている。

——辰三さんだわ——

微笑んでいる辰三の後ろには、妻子の姿をしている靄が、包み込むように優しく広がっていた。

——先に亡くなった連れ合いやお子さんのところへ行かれたのね——

姫は辰三一家のあの世での幸せがうれしかった。

それから、また、しばらくして、方忠を仲立ちにして慶斉から文が届いた。


犯してもいない咎で裁かれた悪人の件、あなたがどう対峙《たいじ》し得たのかと気にかかっています。

慶斉

ゆめ姫様

姫は真相に到る経緯を正直に書き記して返した。最後は思いきって、以下のように締め括《くく》った。

人が犯してもいない咎で裁かれることは、あってはならないのではなく、あり得ないのだとわかってほっといたしました。

申し上げそびれました。

わたくしが真相に行き着いたのは、例の夢力が増したからのようです。

どうやらわたくしには、夢で下手人を見つけたり、霊の訴えを聞いたりできる力が備わりつつあるようです。

ゆめ

慶斉様

第二話　ゆめ姫、夢の浮き橋を見る

一

青い夏空を見上げていると、風がそよりと吹いて、金盞花《きんせんか》の眩《まばゆ》さに目を奪われた。その黄金色が空に弓形に広がると、七色に分かれて見事な虹《にじ》を作った。清々《すがすが》しい菊の香りが満ちている。

——あら、雨上がりでもないのに虹？　それに夏なのに菊？——

ゆめ姫はうたた寝の夢の中に居た。

虹が動き、菊の香りがさらに強くなった。

空と見えたのは、薄青い大きな球で、虹には七色以上の色が、千代紙を千切ったような形で集められていた。

——地球儀だったのね——

目を覚ますと、中庭の縁先からは菊の香りが漂ってきている。夢の中は夏であったが、時季は菊が咲き誇るすがすがしい秋であった。

――夢の中の菊の香りはこれだったのね――

広縁には控えている藤尾の姿があった。熱心に菊の花を見つめている。

――藤尾は絵が得意だから、きっと描きたいのだわ――

紙や絵筆、顔料を用意させようと呼んだのだが、聞こえないのか、藤尾は振り向こうとしない。

「藤尾――」

――それではこれもまだ夢?――

地球儀がまた見えた。今度はくるくると回り始めた。千切った七色は消えて、真っ白になった球の表面に、仮名交じりの墨跡が滲《にじ》んでは消える。

〝秋の夕の〟

一度そこで消えたかと思うと、

〝夢の浮橋とだえして〟

続いてまた消え、

〝峰にわかるる横雲の空〟

これが最後になった。

〝秋の夕の夢の浮橋とだえして峰にわかるる横雲の空〟

どこかで聞いたことのある短歌であった。

いったい、どこでだったろうと、呟《つぶや》いたとたん、今度は本当に目が覚めていた。

「姫様、お目覚めですか」

藤尾は廊下に座って、ゆめ姫が昼寝から覚めるのを待っていた。

「お目覚めをお待ちしていたのです。御台様より姫様にと菊花酒と、菊菓子、菊着綿《きくのきせわた》が届いております。重陽《ちょうよう》の節句《せっく》が近いので――」

毎年、長月《ながつき》上旬には、春に桃の節句があるように、重陽の節会《せちえ》とも称される秋の菊の節句がある。

この行事は隣国の古い習俗から伝わったもので、釈迦《しゃか》より法花として菊の花を賜った菊《きく》慈童《じどう》が、齢《よわい》八百歳の老爺《ろうや》にして少年のような風貌《ふうぼう》であったという言い伝えに由来している。健康と長寿、衰えない容姿《ようし》を望む心は誰しも同じで、酒に菊の花びらと黍《きび》、米を漬け込む菊花酒が作られた。まずはこれで長寿を願ったのである。

その後、貴族たちの間で華やかな菊花宴が催されるようになり、やがて独自に菊着綿の風習が根付いた。

菊の花を綿で包み、菊の香が染みたその綿で肌を清めれば、長寿や美肌が保たれるとされていた。

菊菓子は煉《ね》り切《き》りで出来ていて、菊は一切入っていない。丸い形に咲くさまざまな種類の菊が、紅葉《もみじ》の絵柄が描かれた高坏《たかつき》に色とりどりにのっている。

――わらわがうたた寝をしていたので、藤尾はずいぶん、気を揉《も》んだことでしょうねゆめ姫はくすっと笑った。藤尾は白隠元豆《しろいんげんまめ》を裏漉《うらご》しして求肥《ぎゅうひ》や砂糖と合わせる、滑らかな舌触りで典雅な味の煉り切りに目がなかったのである。

「菓子皿と菓子楊枝《ようじ》をすぐに持ってきて」

藤尾に命じると、姫は文机《ふづくえ》の前に座り、さっきの短歌を紙に書いてみた。

「姫様、どうぞ」

藤尾が菓子皿をゆめ姫の前に恭しく置いた。空色の菓子皿はさっき見た夢の地球儀を想《おも》わせた。

姫は菓子楊枝を使って、大きく丸く咲く、厚物の菊を模したと思われる上菓子を菓子皿に取った。雪のように白い花弁の一枚一枚が手作りされていて、餡《あん》を丸めた土台の上におよそ三百片ほども集められている。

「見事な出来映えだわ。それに美味《おい》しい、でも、もうわらわは沢山――」

和菓子ののった高坏を藤尾に差し出した。

「もう、よろしいのでございますか」

藤尾は浮き浮きと高坏を受け取った。

「藤尾、後はよろしく――」

「かしこまりましてございます」

嬉々《きき》として、藤尾は高坏と一緒に下がり、姫は文机に頬杖《ほおづえ》をついて、夢に出てきた、書き留めたばかりの歌を、しばし、じっと見つめていた。

しばらくして、

「お茶を淹《い》れてまいりました」

菊を模した煉り切りを堪能《たんのう》した藤尾が戻ってきた。

「何をご覧になっておいでなのです？」

藤尾は姫が書いた文字を覗《のぞ》き込んだ。

「さっきのお昼寝の夢は虹でございますか？」

市井でだけではなく、大奥でも姫は夢で事件を解決している。藤尾はゆめ姫の霊力をよく知っていた。

「ええ、まあね」

「それにしても、美しい短歌でございますね。さすが、藤原定家《ふじわらのていか》です」

「そういえば、これ――」

どこかで聞いたことのあるはずであった。

歌聖と謳《うた》われた藤原定家が新古今集に収めた歌に似ていたのだ。

「〝秋の夕〟を〝春の夜〟に変えれば、定家の〝夢の浮橋〟と同じでございますよ」

――でも、どうして、わらわの夢では〝春の夜〟が〝秋の夕〟なのかしら――

ゆめ姫は頰杖をついたままでいる。

「この歌、美しいですが、夢の浮橋が途切れて、山の峰に隔てられ、最後は横雲になって漂うだけになってしまう。仲を引き裂かれた別れの歌でございますよ。夢に出てきたのは失恋を悲しむ霊だったのでしょうか?」

藤尾が訊《き》いてきた。

そこで姫は地球儀の話をした。

「金盞花が空の虹になって、それがこの歌になっただけということなのですね」

藤尾は首をかしげ、

「それでは、失恋を悲しむ霊とは、縁もゆかりもなさそうですね」

がっかりした様子である。

――藤尾は恋であれば、たとえ失恋でも興味津々なのだわね。でもわらわは――

池本方忠を介して姫の文が慶斉に届けられているはずだというのに、返事はまだ来ていなかった。

――池本の屋敷に届いているのかしら?――

そう思いたいがそうではない気がしてならない。

――役に立ったり、先を予見する夢力が増しているなんて、大威張りで言い切ったわらわを、可愛《かわい》くないとお思いになったのかもしれない――

届かない慶斉からの文について思い詰めると、ゆめ姫はとてつもなく暗い気分に陥る。

――こういう形の失恋もあるわ、わらわの夢に定家に似た失恋の歌が出てきたのは、そうだとはっきり報《しら》せてくれたのかもしれない――

姫はたまらなく泣きたい気持ちになったが、顔には出さず、

「霊たちの言葉は複雑なもの。まあ、おいおい、伝えたいことがわかってくるでしょう」

さらりと言ってのけて、藤尾の淹れた茶を啜《すす》った。

――わらわは将軍家息女ゆめ姫、たとえ藤尾の前でも泣き顔は見せられない――

「お考えいただきたいことがございます」

藤尾が切りだした。

「まあ、何かしら？」

姫は微笑《ほほえ》みを作った。

「御存じでしょうが、夏の四万六千日《しまんろくせんにち》同様に、御台《みだい》様が催される菊慈童会がもうすぐです」

「そうでしたね――」

四万六千日とは、観音《かんのん》様が特別に大盤《おおばん》振る舞《ま》いで功徳《くどく》をもたらすと信じられていた日のことである。七月十日に観音参りをすると、たった一日で四万六千日分、お参りしたのと同じ功徳があるとされ、浅草《あさくさ》観音をはじめとして、観音が祀《まつ》られている寺々は参詣者《さんけいしゃ》で溢《あふ》れた。当然、縁日の規模も大きくなって、たいした賑《にぎ》わいであった。

四万六千日は市井ばかりではなく、大奥でもかなり盛大に行われた。お火の番の詰め所に観音菩薩《ぼさつ》像を飾り、提灯《ちょうちん》や灯籠《とうろう》で照らし、廊下には出店まで出た。

この出店を出す者は、日頃、長局《ながつぼね》の部屋部屋を廻《まわ》って、小間物や呉服の端布《はぎれ》、草紙、錦《にしき》絵《え》などを売り歩く老婆であった。

こうした老婆たちの多くは、かつて大奥に部屋方として奉公していたもので、昔のよしみから、長局に出入りすることを許されていたのである。

一方、菊慈童会は自身の若さと美貌維持に熱心な御台所の三津姫《みとひめ》が、釈迦に菊の法花を授けられた菊慈童にあやかって、菊花の功徳を菊を愛《め》でることによって得ようと、四万六千日を模して始めた、大奥だけの祭であった。

観音菩薩像の代わりに、沢山の菊の花が飾られる。

「今年も姫様の菊の活け花が評判になることでしょう。とにもかくにも、姫様のお活けになった菊は姫様ご自身のように華麗で、見ているだけで気持ちが浮き立ちますもの——。姫様のお生母上様《ははうえ》はお菊の方様、そして姫様はゆめ姫様。菊と夢が手をつないでいるかのような素晴らしさです。きっと御台様も楽しみにしていらっしゃいます」

御台所は毎年、菊慈童会が終わった後、ゆめ姫の菊の活け花を自分の部屋に下げさせて飾るのであった。

——豪勢に菊を活けなければならない。わらわにはそういうお役目もあったのだったわ——

慶斉の文を待ちわびているゆめ姫は、常の年になくそれを煩《わずら》わしいと感じた。

菊慈童会は漠とした御利益を願う四万六千日と異なり、健康、若さ、美しさへの望みに絞られている。

廊下にはやはり出店が並ぶ。出店で売られる物は白粉《おしろい》や口紅、お歯黒壺《はぐろつぼ》等の化粧道具は言うに及ばず、湯浴《ゆあ》みで使われる鶯《うぐいす》の糞《ふん》等までもが、よりいっそう磨きのかかった高価な品々となっていた。こうした出店を見て廻る大奥の女たちは、菊慈童会を待って、四万六千日では心して財布の紐《ひも》を締めていた。

二

「実は文乃《あやの》が亡くなったと聞きました」

藤尾が告げた。

「まあ、あの文乃が――」

文乃は大奥を下がった後、傾きかけた薬種問屋但馬屋《たじまや》に嫁いで後、大奥で馴染《なじ》んだ香を〝千代田香《ちよだこう》〟と名づけ、市中で売り出して大評判となり、嫁ぎ先を救ったばかりか、一財産築いた女丈夫《じょじょうふ》であった。

ちなみに袖《そで》に焚《た》き込むこともある香は、いにしえには男女を問わず、洒落《しゃれ》た身だしなみの一環であった。今でも、各々異なる体臭と相俟《あいま》って、個性的に香り、女らしさを強調したい女たちには、化粧や結髪、肌磨きと並んで欠かせない装いの一端である。

「いつのこと？」

「去年の菊慈童会を終えてすぐのことだと聞きました。風邪《かぜ》をこじらせてあっけなく――」

――一年近く前に亡くなっているのに、わらわのところへ訪れて来ないのは、成仏してもしかしたら、あの定家に似た短歌と関《かか》わりがあるのではないかとゆめ姫は思った。

――そうなると、わらわの失恋話とは関わりがなくなる――

むしろ、そうであってほしいと姫は願った。

「素直な、感じのよい方でしたね」

藤尾はしみじみと言った。

「今では江戸で名高い香屋の女隠居なのに〝香に親しめたのは大奥へご奉公させていただいたおかげ〟と言うのが口癖で、大奥の菊慈童会の出店に並ぶ匂《にお》い袋は、毎年、文乃が誰にも任せず、練《ね》り香《こう》を入れる袋を柄から吟味して縫っていると、聞きましたもの。あの年齢でしたから、きっと目も不自由だったでしょうに」

練り香は、各種の香木や香料を粉末状に刻み、蜂蜜《はちみつ》や梅肉、炭の粉を練り固めた丸薬状の香である。

ちなみに永遠の若さと美を約束してくれるかのような、典雅な芳香が雅《みやび》やかな袋に包まれている文乃の匂い袋は、四万六千日の出店には並ばない。

「文乃が亡くなってしまったとなると、代わりにどなたかに、来ていただかないと――」

文乃が廊下の店に並べる匂い袋は、大奥の菊慈童会の人気商品の一つであった。

「出来れば、文乃の店の嫁が代わりになるといいのですけれど」

藤尾は残念そうに言った。

「何か障りでもあるのですか？」

「菊慈童会の当日、大奥へ出入りできるのは、大奥に奉公したことのある者と決まっていて、浦路様はたとえ文乃の縁者でも、決まりは決まりだとおっしゃっているのです」

大奥総取締役の浦路はなかなかの難物であった。

その日の夜、ゆめ姫はうたた寝の続きの夢を見た。

見えているのは若い男の後ろ姿であった。ほんの一瞬、空腹の余り、路上で倒れかけていた木綿問屋縞屋の手代増吉ではないかと思った。

――お嬢様の飼い猫を探し疲れて、とうとう死んでしまったのかも――

だが違った。

増吉ほど痩《や》せてはいず、年嵩《としかさ》ではあったが、すらりと長い首に皺《しわ》やたるみがなく、何とも清々しかった。

――どんな御方《おかた》かしら？　きっと――

顔を見たいと思ったとたん、その男は振り返った。

――そんな――

姫が愕然《がくぜん》としたのは、その顔が地球儀だったからである。

目を覚まして、

――二度も地球儀を見せるということは、この御方は地球儀に関わって、何かおっしゃりたいのだわ――

ゆめ姫はこの夢が気になってならず、この日の昼過ぎ、大奥本丸の浦路の部屋を訪れることにした。

来訪を告げに訪れた藤尾が西の丸へ戻って行くと、

「やれやれ、また、何をお考えなのだろう」

浦路は独り言を洩《も》らして、吐息をついた。

――あの姫様が何かなさると、必ず、たいした騒ぎになる――

確かにそうではあったが、浦路はゆめ姫の訪れを実は楽しく待っていた。

――冷や冷やさせられることもあるが、ゆめ姫様の夢見は当たっていて、助けられるだけではなく、人には、まだこんなに善なる心があったのかと、励まされることもある――

こんな感慨は、おそらく、大奥を取り仕切ってきた浦路ならではのものであろう。

――上様の寵愛《ちょうあい》を得るための権謀術策《けんぼうじゅつさく》と、それに伴うどろどろした女たちの愛憎模様。大奥とは澱《よど》んだ水溜《みずた》まりのようなところで、長い間、ほっと心の和むことなどない世界だと思ってきた。だが、それだけではなく、人というものは肉体が滅びた後、魂の浄化を願う、清い存在だとわからせてくれたのはあの姫様のお力だった――

浦路はゆめ姫の助けで成仏できた、大奥に関わる者たちのことをしみじみと思いだしていた。

「浦路、しばらくですね」

藤尾と共に部屋に入ってきた姫はさわやかな秋風を想《おも》わせた。

「これはこれは姫様、よくおいでなさいました」

浦路はひれ伏して、

「すぐに羊羹《ようかん》など切らせましょう。嵯峨菊《さがぎく》を模した志《し》をせ堂《どう》のものが届いております」

志をせ堂から毎月、浦路の部屋に届く羊羹はたいそう美しく豪華なことで知られている。

ちなみに数ある菊の種類のうち、嵯峨菊が羊羹に模されるのは、その昔、嵯峨《さが》天皇が野菊を改良させて作らせ、糸のような細い花弁の優美な花姿を、たいそう愛でたという謂《い》われゆえであった。

「どうか、ごゆっくりなさってください」

笑顔で迎えたが、その目は油断していない。

——わたくしも大奥の他の女たち同様、身体《からだ》が滅びなければ、魂を浄化できないものなのだ——

浦路は心の中で苦笑した。

羊羹と茶が運ばれてきた後、

「ところで、姫様、何用でございますか？」

浦路は笑顔を崩さぬまま訊《たず》ねた。

「ああ、美味《おい》しい」

姫はゆっくりと羊羹と茶を楽しみ、

「羊羹に描かれているのは噂《うわさ》に高い高貴な嵯峨菊ですね。西の丸の庭の嵯峨菊はもう終わって、見ることができぬので、舌で嵯峨菊を想い出すことができました」

すぐには応《こた》えなかった。

――おや、姫様もしたたかになられた――

浦路は半ば驚き、半ば感心した。

――大権現《だいごんげん》様の命により、何やら、奉行所のお役をされるようになったとお聞きしているから、きっと、そのせいなのであろう。お役に苦労は付きもの。ただし、ためになる良きご苦労と見た――

「それならば、その嵯峨菊、もっと沢山、舌だけではなく、目でも味わっていただきましょう」

志をせ堂から届く時季の羊羹は一棹《さお》、二棹ではない。どっしりした大きなものが二十棹は献上されてくる。浦路は部屋子に命じて、まだ、切っていないものを大きな杉板に載せて運ばせた。

「まあ、見事な」

姫は感嘆した。

羊羹の表を飾る嵯峨菊は白から始まって、目映《まばゆ》い黄色、鮮やかな橙色《だいだいいろ》、可愛《かわい》らしい赤桃色と四色に描き分けられている。しかし、その醍醐味《だいごみ》は色分けにあるのではなく、羽のようにはかなげで細い花弁が作られて、そっと載せられている花姿の精緻《せいち》さにあった。

「志をせ堂の梅や桜、桃、紅葉、椿《つばき》などを模した羊羹は、どれもたいしたものですね。志をせ堂でなければできない仕事です。そうは思いませんか?」

姫に相づちを求められた浦路は、

「たしかに」

知らずと大きく頷《うなず》いていた。

「同じ羊羹でも他の店ではこうはいかないのでしょう?」

——姫様は何を企んでおいでなのだろう——

浦路の顔から笑みが消えた。

「ずいぶん、志をせ堂の羊羹をお褒《ほ》めになりますね」

「わらわは気がついたことを申しているだけです」

ゆめ姫はにっこりして、

「羊羹の話ばかりしてはいけませんか」

「羊羹の話をなさりにおいでになったわけではございますまい」

とうとう、浦路の辛抱が切れた。

「わたくしの部屋でのもてなしは、志をせ堂の羊羹だとご存じの姫様、お話しなさりたいのは、羊羹にかこつけて別のことでございましょう」

浦路は鼻白んだ。

「さすがは浦路です」

姫はあっさりと認めた。

「菊慈童会のことで、願いごとがあるのです」

「そのことですか――」

浦路は渋い顔になった。

菊慈童会の当日、大奥の廊下に並ぶ出店を選ぶのは浦路の職権であった。

大奥へ出入りしたい商人は多く、遠い親戚《しんせき》が奉公していただけの者なども名乗りをあげてくる。大奥出入りは店のよい看板になったからである。毎年、この時季、浦路は出店の選択に頭を悩ましていた。

「文乃が亡くなったと聞きました」

「ああ、あの錦屋《にしきや》の文乃ですね」

文乃が嫁いだ薬種問屋但馬屋は、伽羅《きゃら》が強く香る千代田香が大人気となった後、続いて、沈香《じんこう》を主とした錦香《にしきこう》と名づけた香を売り出した。錦香の方が多少、値が安かったせいもあって、これが千代田香以上に売れた。

以来、但馬屋では錦香に多数の種類を作って売っている。これらも大変な売れ行きであった。但馬屋は今では錦屋と屋号まで変えて、香以外は扱わなくなっている。

「錦香の匂い袋は、志をせ堂の羊羹同様、他に真似《まね》ることのできない逸品です。文乃が丹念に柄を選んで袋を縫うだけではなく、匂いも毎年、変えて、たいそうな工夫がされていました。ここの者たちは皆、錦香の匂い袋を心待ちにしています」

「つまり、姫様はこのわたくしに、文乃が亡くなった後も、錦屋を菊慈童会に参らせよとおっしゃるのですね」

「お願いします」

　ゆめ姫は目礼した。

三

「それはできません」

　浦路はきっぱりと言い切った。

「大奥の菊慈童会に参りたいと願う商人は星の数ほどいます。これを機に大奥に出入りして商いをしたいと思っていたり、何よりよい宣伝になるからです。そのため、薄い縁《えにし》を頼ってくる者たちも多いのですが、わたくしは、こればかりはもののけじめとして、大奥に奉公した者の血縁者と決めているのです」

「文乃に娘は？」

「おりません。錦屋が菊慈童会に並べる匂い袋が格別なものなので、亡くなった文乃も、ここへその匂い袋を並べることができなければ、心残りでならないだろうと、わたくしも気になって、調べてみたのです。錦屋は息子が立派に跡を継いでいます。せめて、孫娘でもいたらと思ったのですが、孫は男《おのこ》ばかり。女子《おなご》でも嫁は他人ですから、男子禁制の大奥へ出入りできる血縁者はいないのです」

「どうしても駄目なのですか」

「こればかりは。ここでやり方を曲げてしまったら、今後のしめしがつきません。我も我もと菊慈童会にまいりたがるでしょう。諦《あきら》めてください。それに——」

言い淀《よど》んだ浦路に、

「錦屋に替わる店がもう、決まっているのですか?」

ゆめ姫は鋭く斬り込んだ。

「御台所、三津姫様の部屋子の一人が、京衣《きょうころも》という香屋に嫁いでいるそうです」

「評判のよい店なのですか」

大奥にはまだ出入りが許されていないせいか、ゆめ姫は聞き慣れない名だった。大奥に出入りしている香屋は今のところ、錦屋一店である。

「何でも、薬種問屋の主《あるじ》が商いを広げようと、息子の嫁に大奥で奉公したことのある者を迎え、上方で修業した職人を雇い入れたという話です」

「文乃の錦香にあやかろうというわけですね」

「まあ、そんなところです」

「御台様は大奥で一番偉い御方、御台様の部屋子の縁となると、浦路も無下にはできませんね」

やんわりと胸中を言い当てられた浦路は、

「何と言っても、今の御台様の部屋子をしていた者となると、大奥との縁は濃いですから、拒む理由がございません」

きっぱりと言い切った。

「たしかにそうですね」

ゆめ姫が渋々納得すると、

「それに何より、姫様はもう西の丸に移られた御方、奉行所に関わるお役目もおありでしょうし、どうか、このようなことに、お心を煩わせないでいただきとうございます。大権現様から仰せつかったお役目の障りになるといけません」

浦路は釘《くぎ》を刺して、

「いったい、誰が、姫様に余計なご心配をおかけするのでしょう」

藤尾を睨《にら》み、

「誤解しないでください。当日、姫様が例年通り、誰もが目を瞠《みは》る菊を活けてくださり、大奥の菊慈童会においでになって、出店を廻《まわ》って楽しまれるのはいっこうに構わぬことなのですから。大奥も賑《にぎ》やかになって、わたくしもうれしゅうございます」

姫の方に向き直り、満面の笑みを作った。

――負けた。やっぱり、浦路は手強いわ。浦路の上を行くにはまだまだ修行が必要ね

――

姫は密《ひそ》かに奥歯を嚙《か》みしめた。

「お話はそれだけでございますか」

「ええ、それだけです」

――地球儀のことを訊きたいのだけれど、この分では答えてくれそうにないわ――

「いかがです、もう一切れ、羊羹など」

「もう充分です」

ゆめ姫は話を終わらせた。

西の丸へ戻った姫は、

「今は亡き文乃は、錦香の匂い袋が今年も菊慈童会の出店に並ぶことを願っているでしょうけれど、力にはなれなかったわ」

ぽつりと藤尾に洩《も》らした。

「そんなことはございませんよ。文乃は姫様がここまで骨を折ってくださったと、草葉の陰で感謝しているはずです。浦路様のおっしゃる通りです。わたくし、姫様のお心を煩わせてしまいました」

藤尾はしょんぼりと肩をすくめて涙ぐんだ。

「わらわは少し眠ってみようと思います」

――もしかしたら、夢で文乃に会えて、力が及ばなかったことを詫《わ》びることができるかもしれない――

まだ空は陽《ひ》が高かったが、部屋の障子を閉めさせ、床をのべさせてゆめ姫は横になった。ほどなく眠りに入った。姫は大奥の乗物部屋に居た。乗物部屋とは大奥専用の乗物や長持がしまわれている、大きな納戸である。

──たしかに、ここなら、文乃に会えるかも──

夢の中の姫はあたりを見回して、

〝文乃、文乃〟

小声で呼んだ。

応《いら》えはなかった。

〝どこにいるの？　出てきてちょうだい〟

その時である。

文乃らしき後ろ姿がすぐ目の前に現れた。白髪混じりの丸髷《まるまげ》で品のいい結城紬《ゆうきつむぎ》をゆったりと着こなしている。

〝文乃なのね〟

〝はい〟

文乃は振り返った。

しかし、その顔は文乃ではなかった。昨日見た夢の若い男がそうだったように、薄い青の地に千切った何色もの色を貼《は》り付かせた、地球儀であったのである。

──いったい、これは何なの？　何で地球儀の夢ばかり見るのかしら？　でも、気持ちが沈むだけの定家似の失恋の歌が夢に出てくるよりはましかもしれないわ。地球儀の夢のことを考えていると、失恋の歌のことは忘れていられるし──

昼寝から覚めたゆめ姫はこの話を藤尾に洩らした。

「たしかにどうにもわからない夢でございますね。何でどの顔も地球儀とやらなのか――」

藤尾は首をかしげて、

「その地球儀とやらに姫様は見覚えがおありなのでございますか？」

「十二歳の花見の時、父上にせがんでもとめてもらったものです。初め、父上は十二歳になったわらわのために、極上の着物や帯、金や珊瑚《さんご》、翡翠《ひすい》を使った簪《かんざし》や香箱を京に注文してくださろうとしたの。これは花嫁道具の手始めで、姉上様たちの時もそうだったからって。でも、わらわは着物や帯は要りませんって、はっきり申し上げたの。側用人の方忠じいなんて、これで幾らか大奥の内証が助かると、ほっと胸を撫《な》で下ろしていたわ。けれども、父上は言いだしたからには、後には退《ひ》けないとむきになって、たとえ虎《とら》でも象でも、将軍の自分が望めば手に入らぬものはないのだ、とおっしゃって――」

「それで地球儀を所望されたのですね」

――なるほど。外の世界がお好きな姫様らしい思いつきだわ――

藤尾はいつだったか、ゆめ姫から、地球儀が世界地図だと聞かされていた。

「わらわが地球儀と申し上げた時、父上とじいが顔を見合わせたのを覚えているわ。あれは〝困った〟というお顔だった――」

「一つお訊《たず》ねしますが、どうして、姫様は地球儀が欲しいと思われたのです？」

「実は父上がじいと地球儀とやらの話をしているのを耳にしたの。〝地球儀は地図などより、よほど面白いものらしい〟って父上がおっしゃると、じいは〝そのようではありますが〟とは応《こた》えたものの、困った様子だったわ。その頃からわらわはお城の外がどうなっているか、気になって仕様がなくて、その手掛かりになる地図というものが欲しかったの。地球儀が地図より面白いものらしいとわかって、どんなものなのか、いろいろ訊いてみたの」

「ご存じの方はおいでででした？」

「いいえ、どなたも。ただその頃は、知らないものとなると、南蛮《なんばん》、蘭学《らんがく》でしょうということになったの。いっそ、出入りの本屋に訊ねてみたらどうかと、こっそり、まだ輿入《こしい》れしていなかった姉上の一人が教えてくださったのね」

「本屋に訊ねてみられたのですね」

「ええ、もちろん。だって知りたくて仕方がなかったのですもの」

「まさか、七ツ口へお出向きになったのでは？」

七ツ口は市中の商人たちが大奥の女人たちに、注文を取ったり、その商品を納めたりする場であった。

「ええ、そのまさかよ。三つ年上の姉上様も悪戯《いたずら》好きだったものだったから、姉上様付きの者に頼み込んで、他の人たちを遠ざけ、本屋に話を訊くことができたの。姉上様と二人して七ツ口までの長くて暗い廊下を歩いたわ」

ゆめ姫は幼かった頃の冒険談を楽しそうに話した。

「前に伺った話では、姫様はずいぶん前から、地球儀がわたくしたちが親しんでいる地図と異なって、丸い球の形をしていると知っておられたとのことでしたね。七ツ口の本屋が教えてくれたのですね」

「そうそう。本屋の主は、わたくしたちが住んでいるのは、広い世界のほんの少しの場所だと教えてくれて、時折、海の向こうから現れてびっくりさせられることもある異人たちも、湧《わ》いて出てくるわけではなく、地球儀の中にある、海を隔てた遠い国に住んでいるのだと言っていたわ。ここまで聞いて、地球儀がほしくならない道理がないでしょう？」

「でも――」

藤尾は姫の部屋を見回して、

「わたくし、姫様のお持ち物に地球儀とやらの丸い球を見かけたことはございません。どうされたのです？　宝物だったはずでしょうに」

するとゆめ姫は、

「理由《わけ》はこれです」

文机の上にいつも置かれている、古びた江戸市中の地図を手に取った。

「これには生母上様のお実家《さと》の人形店光月《こうげつ》も出ているの。生母上様が亡くなってしまって、寂しくてならず、どうしても、生母上様を感じられるものが欲しかった――浦路が地球儀と交換なら、江戸市中の地図を取り寄せてくれるというので、仕方なく取り替えたの」

――姫様はそこまでお菊の方様、生母上様を――

藤尾は姫の胸中を切なく思いやった。

「江戸市中の地図など、わたくしに命じてくだされば、いくつでも、もとめてきてさしあげて、大事な地球儀を浦路様に取り上げられたりしなかったものを」

思わず口走った藤尾に、

「無理よ、藤尾。藤尾が城へ上がったのは十五歳の時でしょう？　用を言いつけることはできないわ。とはいえ、そこまで想ってくれてありがとう。礼を言います」

姫は優しい目を向けた。

四

「浦路様は姫様から取り上げたその地球儀を、どうなさったのでしょうか？」

「わからない」

「大掃除をした時も、それらしきものを見かけませんでした」

「わらわも手放してから一度も見てません」

「それより、どうして、浦路様は姫様から地球儀を取り上げたりなさったのでしょう？」

「今になると、何となくわかる気がします。将軍家は鎖国を続けてきて、オランダなど異人の出入りは、長崎の出島と決めていたわけですもの、将軍家の姫であるわらわが異人の国々に目を向けるのは、とんでもないことだったのです。父上は勢いに任せて、わらわに地球儀を買い与えてくださったものの、後で〝しまった〟と後悔なさったのでしょう。それで、何とかわらわから、地球儀を取り上げて、異国のことなど忘れさせようとなさったんだと思うの」

「だとしたら、浦路様は即刻、その地球儀を焼き捨ててしまわれたかもしれませんね」

「あり得ることだけれども――」

――焼かれた物に霊が取り憑《つ》くことはあまりないことだわ――

「姫様が浦路様をお訪ねになったのは、わたくしが申し上げた文乃殿のことだけではなく、その地球儀についてお訊ねになりたかったのではありませんか？」

「そのはずでしたのだけれどね」

ゆめ姫は苦笑した。

「あの様子ではとても、切り出すことなどできはしなかったわ。でも、やっぱり、訊いてみるべきでした。ここまで執拗《しつよう》に地球儀に霊が憑いているのは、亡くなった方の想いが文乃ほどだということなのですから――」

「それ、浦路様におっしゃらなくて、よかったのかもわかりません」

「まあ、どうして？」

「さっき、姫様は乗物部屋の夢を見られたとおっしゃっていましたね」

「ええ、文乃の顔が地球儀でした」

「ということは、乗物部屋のどこかに、地球儀がしまわれているということではないでしょうか」

「そうかもしれない」

「わたくしが見つけてまいります」

藤尾はきっぱりと言い切った。

「浦路に頼んでも無駄よ」

「ですから、浦路様にはお頼みしません。浦路様に地球儀のことをおっしゃらなくてよかったと申し上げたのは、それゆえでございます。今宵、こっそり忍び込んで必ず見つけます。なに、大奥といえば、今では、実家も同然、隅から隅までよく存じております。どうか、お任せください」

こうして、藤尾はこの夜、大奥に忍び込んで乗物部屋を探し尽くそうとしたが、

「乗物部屋は広うございまして、とても一夜では――」

たやすくは見つからなかった。

それでも、今日が菊慈童会だという、三日目の明け方近く、ゆめ姫が、

〝姫様、姫様〟

囁《ささや》く男の声を夢の中で聞いて、飛び起きると、

「やっと見つけ出しましたよ。浦路様ったら、念には念を入れて、乗物部屋の床下に隠しておかれたんです。羽目板の色目が僅《わず》かに変わっているところがあるのに気がついて、ぴんと来たのです、やれやれ――」

息を切らして、部屋へかけつけた藤尾は埃《ほこり》まみれの地球儀を抱えて、得意そうに言った。

「これです、間違いありません」

姫はなつかしくてならず、手で触れようとすると、

〝埃はお身体《からだ》に障ります〟

どこからともなく、またさっきの声が聞こえた。

「綺麗《きれい》に拭《ふ》いてまいります」

藤尾が地球儀を抱えて去ると、

〝姫様――〟

後ろ姿に覚えのある若い男が、庭の薄暗がりの中に立っていた。

――きっと、わらわにだけ見える姿なのだ――

「どんな想いを残されておいでなのです？」

穏やかな口調で姫は訊いた。

〝想いを残す？　それはいったい、どういうことです？〟

相手は怪訝《けげん》そうに姫を見た。

――この方はまだ亡くなっていることに気がついていない――

「あなたは霊です。あなたを見ることができるのは、今のところ、わらわだけなのです」

〝霊というと、てまえはもう死んでしまっているのか〟

若い男は整った白い顔を両手で覆って、

〝ああ、何ということだ。だが、それで、やっと、ここに居る理由がわかった〟

ぼそぼそと呟いた。

「光が見えてきませぬか」

ここでの光とは朝の光ではない。人が成仏する時に見える、安らかに冥途《めいど》へと誘《いざな》う光のことである。

〝いえ、何も――。ただただ見えるのは地球儀ばかりで――〟

若い男は悲しそうにため息をついた。

「わらわにも時々は見えますが、たいていは当人しか見えない光です」

相手は黙って首を横に振った。

「おかしいですね、亡くなっていることがわからずにいると、光は見えないものなのですが、そうとわかっても見えてこないのは、やはり、あなたが相当の想いを残している証《あかし》です」

〝山田屋《やまだや》の夏吉《なつきち》と申します〟

「ここへ来られる前、亡くなった時のことを覚えていますか？」

〝上方へ商いに出ておりました。帰りの東海道金谷宿《かなやしゅく》近くで、追《お》い剝《は》ぎに襲われました。きらっと何かが光って、逃げようとした時、背中に痛みが走って――わかった、その時、てまえは殺されたのですね〟

「商いは何を？」

〝主に和漢本を扱っております。以前は蘭学関係も少々――〟

「なるほど、それで地球儀もご存じなのですね」

〝はい〟

夏吉は湿った声で答えた。

「どなたか、お伝えしたい方がおありなら――」

〝女房はおりましたが、今は実家に戻っております。その前から結構長く、商いでの遠出を理由にてまえは、留守がちでございましたが――〟

「なにゆえにお実家に？　ご病気とか？　それとも、あなたのご両親と反《そ》りが合わないとか――」

〝女房の名はあき。てまえの両親はたいそうおあきが気に入っています。おあきと反りの合わないのはてまえです。それを苦にしておあきは川へ飛び込もうとしました。死ぬなというのなら、離縁して実家へ戻してほしいと言いだして、仕方なく帰したのです〟

「おあきさんには、ほかに好きな男《ひと》でも？」

〝それはまずいないでしょう〟

「だとしたら、あなたの方に別の方がおいでなのでは？」

その問いを口にしたとたん、からたちの繁《しげ》みの前から、夏吉の姿がすっと消えて無くなった。

「いかがでございます？　すっかり綺麗になりましたでしょう」

そこへ藤尾が地球儀を抱えて入ってきた。

「本当に見違えました」

地球儀を受け取ったゆめ姫は、もしやと思い、地球儀を何度も撫で回してみたが、もはや、夏吉が現れることはなかった。

そして、この日はこの後、

――夏吉さんはどうして、突然、消えてしまったのかしら――

夏吉のことが時折、頭を掠《かす》めはしたが、あれこれとあわただしく、ゆめ姫は時を過ごした。

何より、菊慈童会後に御台所の部屋を飾ることになる、菊を活けなければならなかった。

今年、姫が選んだ花器は長崎奉行からの献上品である、細長く中央がくびれて玉虫色に光るギヤマンであった。

これにまず、真っ赤なケイトウと黒色のヒオウギの実を挿して、特別大きく花開いた、純白の厚物の菊をそっと載っているかのように活けてみた。

「わたくしは長崎や出島を知りませんが、異国情緒ってきっとこういうものなんでしょうね。ありきたりでないのに気品が溢れています」

藤尾は見惚《みと》れた。

その藤尾が菊慈童会にかこつけて、大奥と西の丸との間を行き来して、出店するさまざまな店の様子を伝えてくるのである。

「羊羹屋が志をせ堂でないのが、例年のことながら残念でなりませんが、お火の番だったおますの嫁いだ亀岡屋《かめおかや》の栗羊羹《くりようかん》は絶品ですので、まあ、よしといたしましょう。半襟《はんえり》を売る ゑ善屋《えよしや》は美しいよい品が揃《そろ》っています。足袋《たび》屋や端布屋、簪屋、千代紙屋もそこそこで──。そうそう、飴《あめ》屋は皆があっと驚くような、新しい形を披露するそうです。虎や犬、猫、蛇、蛙《かえる》のほかに何が出来るんでしょうね」

などという調子だった。

「楽しみね」

にこにこと姫は聞いていた。

ところが、再度戻ってきた藤尾が、

「大変、大変です」

「どうしたのです？」

只《ただ》ならない様子に姫も知らずと顔を引き締めた。

「沙永《さえ》が見当たらなくなったというのです」

「沙永というと、文乃の錦屋の代わりに出店を許された、京衣の内儀でしたね。まだ来ていないのでは？」

「たしかに御錠口《おじょうぐち》を入るのを見た者がいます。それに、沙永を手伝って、匂い袋を並べたという者も──」

「沙永は匂い袋だけ置いて、いなくなってしまったというのですか？」

「いいえ、そうではございません。沙永も匂い袋も消えてしまったのです。この大奥に泥棒が入ったのですよ、姫様」

興奮の余り藤尾は頰《ほお》を真っ赤に紅潮させていた。

五

「匂い袋というのはたいそう値の張るものですか？　たとえば金や銀のように――」

ゆめ姫は今もって、物の値段に不案内であった。

「一概に安いとは申せませんが、飛び抜けて高くはございません」

「今宵の出店で一番、値の張るものは？」

「ならば簪や螺鈿《らでん》細工などです」

「わらわが泥棒だったら、そちらを盗むでしょう。それに沙永を拐かしたりもしません。足手まといなだけですもの――」

「それではこれはいったい？　まさか魔物などでは？」

藤尾は青ざめた。

――彷徨《さまよ》う霊が居るのなら、魔物とて取り憑く相手を探していても不思議はない――

ゆめ姫も顔を翳《かげ》らせている。

「浦路様がおいでてでございます」

西の丸付きの女中が告げに来た。

「藤尾――」

走るように廊下を歩いてきた浦路の顔が怒っている。

「また、そなた、姫様に埒《らち》もない話をして、お心を煩わせているのであろうが」

浦路は藤尾を睨みつけた。

「わたくしは、ただ、沙永の身に起きたことをお話し申し上げただけで――」

藤尾はしどろもどろである。

「それが余計なことだというのです。大奥内のことを、ああだ、こうだと、西の丸にふれて歩くのは止《や》めてもらいたいもの」

「浦路、沙永は見つかったのですか？」

ゆめ姫は訊ねた。

「今、見つけ出して取り押さえようとしているところです」

「取り押さえようとしているとは、罪人に使う言葉です。沙永は何か罪を犯したのですか？」

「沙永は並んでいた匂い袋を風呂敷《ふろしき》に戻すと、背中に背負ったまま立ち去った、と見ていた者が申しております。そもそも、京衣などという名もない香屋が呼ばれたのは、沙永が御台様のお部屋に仕えていたからです。それなのに、持参した匂い袋と共に姿をくらますとは、御台様のご恩に背くこと、ひいては上様、この徳川に弓引くことです。断じて許せません。沙永を見つけ次第、仕置きしてかまわぬと、わたくしは皆に命じました」

いきり立った浦路は真一文字に唇を引き結んだ。

――やはり、これは魔物のせいかも――

姫はぞっと背筋が凍りついて、

「浦路、気持ちを鎮めなさい。沙永は婚家の繁盛を願って、ここへ参ったのですよ。その沙永が持参した匂い袋を持ってどこぞへ行ってしまうなんて、考えられることではありません。沙永はこの世の者でない悪《あ》しきものに操られてそのようにしたのです。ですから、このままでは沙永の身が危ない。沙永を一刻も早く見つけるように――ただし、見つけ次第、沙永を仕置きせよなどという命は、すぐに取り消しなさい」

いつになく、ゆめ姫の物言いは有無を言わせぬものだった。

「承知致しましてございます」

藤尾同様、青ざめた浦路は立ち上がり、裾《すそ》を翻すとやはりまた、走るように廊下を歩いて行った。

「姫様――」

藤尾は恐る恐る訊いてきた。

「沙永は見つかるのでございましょうか」

「見つかってほしいですね」

「聞いた話では、沙永には子どもが三人いて、四人目を身籠《みご》もっているとのことです」

「沙永が見つからなければ、生まれるはずだったお腹《なか》の子も、見つからないことになりますね」

「子どもと一緒に、あの世に連れて行かれてしまったのでしょうか。可哀想《かわいそう》に」

藤尾は片袖で涙を拭《ぬぐ》うと、

「もしかして、祟《たた》りかも――」

ぎょっとした顔を姫に向けた。

「何の祟りだというのです？」

「乗物部屋のことです」

藤尾が地球儀を探し当てた乗物部屋には、子に恵まれなかった御台所や側室たちの、深い怨念《おんねん》が取り憑いていると言われてきている。

「わたくしが地球儀を探すために、あそこを荒らしたりしたからではと――」

「それなら、わらわに責任があります」

「何も、わたくしはそのようなことを申したつもりでは――」

「わかっています。藤尾、沙永が気がかりなら、皆と一緒にお探しなさい。浦路に咎《とが》められたら、わらわの命だと申せばよい」

「では、早速に」

ほっとした表情で、藤尾は部屋から出て行った。

ゆめ姫は広縁に出て、明け方、夏吉が立っていたからたちの繁みを見下ろしていた。

――夢で文乃の顔が地球儀に変わった。文乃と夏吉さんは何か関わりがあるのかもしれない――

そんなことを考えていると、

〝お役には立てないと思います〟

ふんわりと夏吉が姿を現した。

「この前は、どうして急に消えてしまったのですか？」

〝女房のことは話したくないので〟

「それでは今は、止めておきましょう。役に立たないと言ったのは、沙永を探すことですね」

姫は念を押した。

相手は黙って頷《うなず》いた。

「それでは、どうして文乃の顔を地球儀に変えたのですか？」

〝文乃さんの錦屋とうちの山田屋はご近所なんです。見知った人だったし、あの時、あなた様の頭の中は、せっかくてまえが夢でお報せしたというのに、地球儀よりも文乃さんのことばかりで――。地球儀の方が大事だとわかってほしかったんです〟

それだけ言うと、夏吉の姿が腰から上だけになった。

「待って。沙永を助けるために力を貸して」

〝あの時もあなた様はそんな目で、――地球儀がどんなものか、どうしても知りたいの――とおっしゃいましたね〟

「あなた、まさか、あの時の七ツ口で会った本屋さん？」

〝すっかりお忘れのようですね。てまえが昨日のことのように覚えているというのに、あなた様は薄情だ。夢の浮橋の歌に想いを託したというのに――〟

夏吉の姿が顔だけになった。

「お願い」

姫が頼み続けると、

〝山田屋《うち》の生け垣はからたちでした〟

一言、言い残して、夏吉は完全にいなくなった。

――〝うちの生け垣はからたちでした〟というのは、ゆかりのあるものに霊が立ち寄るということだわ。相手が文乃だとすると、それは――

はっと思いついて、ゆめ姫は愛用している螺鈿の文箱に手を伸ばした。

この中には硯《すずり》や筆などではなく、姫が気に入った端布が詰まっていて、錦香の匂い袋が香っていた。箱を開けると芳《かぐわ》しい香りがあたりにたちこめた。

〝姫様――〟

文乃が広縁に座って、ひれ伏していた。

「やっと出てきてくれたのね」

〝はい〟

「そなたには詫びなければならないと思っていました。大奥の菊慈童会に錦屋の出店を出させることができなくて――」

〝無念でございます。今もわたしは大奥に大恩を感じております。それを少しでも、お返したいと思っておりました。それで、菊慈童会には、例年、天下一品の匂い袋を持参することに決めていたのです。それが、今年は叶《かな》わぬばかりか――〟

文乃は口惜《くや》しそうに唇を噛んでいる。

「叶わぬばかりか、何なのです？」

姫は先を促した。

〝あのような錦屋のものの足元にも及ばぬ雑な品を、大奥に持ち込んで、菊慈童様の有り難い日に並べるとは――〟

「京衣のことですね」

〝たしかに京衣は商売仇《がたき》ですが、だからと言って、あしざまに申しているわけではございません〟

「京衣の品は、どのようなところが粗悪なのですか？」

〝袋の柄と中の練り香が合っておりません。秋の紅葉の柄に桜の香を合わせたり、冬の椿柄の中が菊の香だったり――。京仕込みというふれ込みですが、出鱈目《でたらめ》でございます。そのような物を皆様がお持ちになるのを、この文乃、錦屋の名にかけても許すことはできませんでした〟

「沙永を操って、出店を畳ませ、隠したのは文乃、そなたですね」

ゆめ姫は優しく諭すように言った。

〝罪なことをいたしました〟

文乃は深くうなだれた。

「そうとわかっているのなら、沙永を隠した場所を教えなさい」

〝それが――〟

文乃は言い澱《よど》んで、

〝お沙永さんは、もう生きてはいまいと思うのです〟

目を伏せた。

六

「それはまたなにゆえです？　商人《あきんど》の意地のために、そなたは人まで殺《あや》めたというのですか？」

姫は語調を荒らげた。

〝わたしは、ただお沙永さんをここから立ち去らせたかっただけです。それでとりあえずは、お沙永さんをお城の裏庭へ向かわせ、庭師が道具を置いていたことのある、大きな欅《けやき》の近くの物置に留めようと思ったのです。あそこはもう何十年と使われていませんが、取り壊されもせず残っているのです。あそこは暗くて湿っていてよいところではありません。ましてや、お沙永さんが自分のしでかしたことに気づいたら――、わたしでなくても死んでお詫びをと――〟

「沙永はその物置小屋にいるのですね」

〃はい〃

「わらわを沙永のところまで、連れて行きなさい」

〃わかりました〃

縁側から庭に下りた姫は、文乃に裏庭の物置小屋まで案内させた。

途中、

「お沙永さーん」

「京衣のお内儀さーん」

という、沙永を探す声があちこちから聞こえてきたが、なにぶん千代田の城の庭は広く、普段から人気のない裏庭は、しんと静まりかえったままであった。

「さすがそなたですね、裏庭に使われていない物置小屋があったなんて、裏庭で遊んだことのあるわらわも、今まで知りませんでした」

〃ええ、もう、わたしにとってこの大奥は、親や実家以上のものでございますゆえ、よく存じておるのでございます〃

──藤尾も同じようなことを言っていたわ──

姫は大奥に奉公する者たちの、並々ならぬ気概に触れた気がした。

ところが沙永は物置小屋の中にいなかった。

〃ど、どうしたのでしょう〃

文乃の声が震えた。

「まさか、わらわに偽りを申したのではないでしょうね」

〝そんな、神仏に誓って、嘘《うそ》は申しておりません〟

文乃はきょろきょろと小屋の中を見回して、

〝これ、これにございます〟

小屋の天井に巣くっていたスズメバチの巣を見つけた。

〝わたしはお沙永さんをここに導きましたが、元々掛かっていなかった鍵《かぎ》をかけることはできません。お沙永さんはスズメバチに気がついて、ここを出て行ったにちがいありません〟

――そうは言っても、ここから出てどこへ行ったというのだろうか――

城の庭に、身を隠す場所などそうはあるものではない。思いつくのは何カ所かある御用場(トイレ)だが、そんなところはとっくに藤尾たちが探したに違いない。

「困りましたね」

〝わたしのせいでございます。何とお詫びいたしたらよいか――〟

ゆめ姫と文乃の霊は小屋を出たものの、どこをどう探したものか、皆目、見当がつかなかった。

するとそこへ、

〝上様の日本橋〟

聞き覚えのある声が風に乗ってきた。

――夏吉さんだわ――

すぐにその意味がわかったゆめ姫は、父将軍が江戸の街を模して作らせた一角へと、文乃と共に急いだ。

父将軍の江戸の街は、木々に囲まれた中にあり、十軒ほどの商家が立ち並んでいる。

今日は有り難い菊慈童会の吉日とあって、さすがに父将軍も店の開店を控えたのだろう。

〝上様亭〟と書かれた暖簾《のれん》などもしまわれていて、普段から、町人の恰好《かっこう》をしているお側《そば》の者たちの姿もなかった。ただし、人は住んでいないので、板戸はたてられておらず、がらんとした店の中が丸見えであった。

〝心太《ところてん》〟

夏吉の声がまた聞こえた。

――以前、ここで父上と心太をご一緒に作ったのだったわ――

ゆめ姫は〝城中茶屋〟と染め抜かれた日除《ひよ》け暖簾の前で足を止めた。

「たぶん、ここだと思います」

姫は文乃に告げて、店の中へと入った。

沙永は心太作りに欠かせない天草が積まれている厨《くりや》の床に、ぽつんと座って、風呂敷の包みを開いていた。何十もの色鮮やかな匂い袋が床の上に散らばっている。

「沙永、わらわです」

ゆめ姫は沙永と思われる、色白の年増に声をかけた。姫が知っている沙永は、瘦せぎすの若い娘だったが、今は丸髷の似合う、子を宿しているゆえか、ややふくよかな身体付きの商家のお内儀であった。

「あなた様は――」

沙永は目を瞠《みは》った。

「もしや、あの美しく賢いと評判のゆめ姫様――ああ、本当だ、眩いばかりに気高くお美しくなられた――」

沙永は顔色を変えて両手を床についた。

「ここは上様の立ち寄られるところだというのに、このような姿で入り込んでしまったことをお許しください」

「そんなことはよいのです」

姫は微笑《ほほえ》んだ。

「子を宿しているというそなたに何事もなくてよかった。何よりです」

「お許しください、お許しください」

沙永は目に涙を浮かべ、許しを乞《こ》うた。

「それより、どうしてここに行き着いたのか、教えてくれませんか」

「わたし、自分でもよくわからないのです。なにゆえに、持参した匂い袋をまとめて、勝手のわかっている大奥から裏庭に出たのか。手も足も誰かに操られるかのように動いて、声も出ませんでした。裏庭に出てしばらく歩かされました。どこへ行くと決めていないのに、足が自然に動くのです。行き着いたのは物置小屋で、そういえばそんなものがあったと思い出しました。なぜか手が動いて、物置小屋の戸を開けたとたん、ぶーんという音がしたのです。今頃はまだ、巣をつくったスズメバチが飛び回っているのだとわかって、その場を離れようとしたのですが、気配に気がついたスズメバチが次々に巣を離れました。わたしは走って逃げるにも、身籠もっている身です。身体が固まって動けずにいると、どうしたことか、スズメバチたちは襲ってきません。大群になって外へと出て行ったのです。こんなことははじめてですが、背中の匂い袋が、わたしを守ってくれたのかもしれません」

「ここのことは誰かに聞いていたのですか？」

——父上は、沙永がここにいる頃には、まだ江戸の街など、お作りになってはおられなかったはず——

「いいえ。ただ、ハチたちがいなくなってしまうと、〝生け垣のつつじ庵《あん》〟という声がどこからか聞こえてきました。せっかく菊慈童会にお許しいただいたというのに、店を畳んで帰ろうとしたわたしの罪は、何をどう言い逃れようと重いのではないかと思うと、恐ろしくて、とにかく、どこかへ身を隠すしかないと思い詰めたのです。〝生け垣のつつじ庵〟は、わたしが知る限りでは、スズメバチが巣くっていた場所と同じようなところのはずでした。その昔、使われなくなった東屋《あずまや》を、大奥の皆でそのように呼んでいたのです。

そこなら、見つかることはあるまいと、わたしは〝生け垣のつつじ庵〟に急いだのですが、行き着いてみると、東屋は取り壊され、町屋に似せた店が並んでいて、〝城中茶屋〟とあったので、上様が時折、立ち寄って、楽しまれるためのものだとわかりました。恐れ多いことではございますが、人の姿もなかったので、わたしはもぐり込むようにここへ入って、じっと息を潜めていたのです」

そこまで話した沙永は、すがるような目でゆめ姫を見つめた。

「わたしの犯した罪はやはり、重いのでございましょうね」

「心配は無用です。そなたが自分から店を畳んで身を隠したのではないと、わらわから皆に話し、身の潔白を明かしてあげましょう」

姫がそう言い切ると、隣にいた文乃は床に散らばっている匂い袋を指差して、しきりに首をかしげている。

「ところで、一つ、訊かせてほしいことがあるのです。そなたはここで風呂敷を開いて、いったい何をしようとしていたのですか？」

姫の問いに沙永は深いため息をついた。

「婚家の店の品とはいえ、よろしくないものが多いと呆《あき》れていたのです。ここに隠れていても、いずれは見つかって、お仕置きされるのだと思うと、せめてこの世に心残りがないよう、大奥に納めるにふさわしい匂い袋かどうか、吟味しようと思い立ったのです。見つかって引き立てられる前に、これはと思われる、ふさわしい品が少しはあってほしいとも思いました。後でほとんどは始末するようお頼みしようと思いつつ、少しのふさわしい良品を探していたところでした」

床の上に目を凝らすと、匂い袋の大きな山と小さな山とがある。

「恥ずかしながら、大きな山の方は捨てていただくつもりのもので、ふさわしいのはほんの僅かだとわかりました」

沙永は頭《こうべ》を垂れた。

七

沙永の話を聞いていた文乃は、身体を屈《かが》めて、匂い袋の大小の山に目を凝らし、鼻をうごめかせた。

〝柄と香が合っていないものを始末しようとしている、やれやれ、やっと気がついてくれたようです〟

もちろん、文乃の声は姫にだけ聞こえている。沙永は話を続けた。

「わたし、大奥にご奉公している頃から、年に一度の菊慈童会で、出店に並ぶさまざまな匂い袋を、皆で競い合いながら匂いをかいで、もとめるのが楽しみでなりませんでした。極上の匂い袋とはどのようなものか、誰よりもわかっていたつもりです。そんな想いもあって、香を売り出すという薬種問屋に喜んで嫁いだのでしたが、子育てや日々のことに追われ、商いに女が口出しするのは如何《いかが》なものかとも遠慮して、ついつい、商いは夫や夫の雇った職人任せにしてしまっていたのです。そんな折、大奥の菊慈童会が近づいて、御常連で出店を出していた錦屋の文乃さんが亡くなってしまわれ、錦屋では大奥に出入りできる血縁の女子がおらず、わたしの婚家に白羽の矢が立ちました。夫も舅《しゅうと》姑《しゅうとめ》も大喜びで〝待っていた甲斐《かい》があった。おまえを嫁に貰ったのはこの日のためだった〟と言い、否応なくわたしは出向かされることになったのです。商いのことは何も知らず、以前、縁があったというだけのことで出向いたのは、よくない心がけだったと悔やまれます。こんなことが我が身に起きたのは、きっと、罰が当たったのだと思います」

沙永はがっくりと首を垂れた。

〝女は婚家に染まらなければならず、苦労の多いものです〟

文乃が呟いた。

「大変でしたね」

姫は沙永にではなく、文乃に言った。

〝大変なんてものでは、ございませんでした。わたしの時は嫁いだ店は傾いていて、舅姑はとっくに亡くなっていた上に、優しいけれど、気位ばかり高いだけの、頼りにならない亭主一人だったんですもの。お沙永さんに言ってやってください。こんなことぐらいで気落ちしてはいけないと――。それから、京衣では、菊慈童会への出店をきっかけに、いろいろな香や品を売りたいと考えていて、それなりの元手もあるんでしょうから、香に通じているお沙永さんが率先して、一生懸命商いを盛り上げれば、きっといずれ、うちの錦屋と肩を並べることができるほど繁盛するって――。周囲がぐずぐず言うようだったら、香売りの商いは大奥に奉公してきた女に限るって、啖呵《たんか》の一つも切ってやればいいんですよ〟

ゆめ姫は、

「実は、文乃はここに居るのです」

誰もいない隣と沙永の目を交互に見た。

〝嫌ですよ、姫様。見えないわたしが居るなんて言って、誰が信じるものですか〟

文乃はあわてたが、

「手や足が勝手に動き出して、出店を畳んで歩き始めた時から、そうなんじゃないかって、思っていたのです」

沙永の目は驚いていなかった。

〝ああ、穴があったら、入りたい。悪かった、本当に悪かったわ。あのまま、物置小屋に居て、スズメバチに襲われていたら、お腹の子ともども、命を落としていたにちがいないのだから。何という恐ろしいことをしようとしていたのだろう――わたしとしたことが――この通りです〟

文乃は両手を合わせた。

ゆめ姫は文乃の伝えて欲しいと言った言葉を口にした後、

「文乃はそなたに申し訳ないと、心から詫びています」

「わたしこそ、錦屋の後を汚すような品を並べて、申し訳なく思っているのです。どうか、もうお気になさらないでください」

沙永は文乃が座っているものの、見えてはいない床に向かって深々と頭を下げた。

「互いの気持ちが通じたようですね」

ゆめ姫は沙永の手を取ると、文乃の手に重ねた。

〝頑張るのよ。あなたが商いに励んで、京衣が錦屋の強敵になれば、わたしの孫子たちも気を抜かず、今以上に商いに励むはずです。有り難いことでもあるんです〟

姫には文乃の声が聞こえた。

「あら」

沙永が小さく叫んだ。

「誰かにわたしの手を握られたような――」

「文乃ですよ」

「声も聞こえたような気がしました」

「何と？」

「錦屋のためにも、京衣を繁盛させるようにと――」

「それもきっと文乃でしょう」

――こんなこともあるものなのだわね――

この後、ほどなく、

「お沙永さーん」

「京衣のお内儀さーん」

女中たちの声が近づいてきた。


こうして菊慈童会は無事過ぎた。沙永が選《よ》り分けてふさわしくないと決めた、出来のよくない匂い袋は、普段、高価な匂い袋とは縁のない御末《おすえ》（大奥の雑用係）たちに配られた。

「文乃さんが焼いたり、捨てるのはよろしくない、何かに役立てるようにとおっしゃっている気がするので——」

文乃の言葉は、まだ、沙永に聞こえるようだった。

明けて翌朝、出店を覗《のぞ》くのを楽しみすぎたゆめ姫は、まだ、夢の中に居た。

——あら、また、乗物部屋だわ——

〝わたしです〟

後ろ姿の文乃が振り返った。ただし、地球儀の顔ではなかった。

〝残る想いがなくなったのですから、もう光の中へ行ったのだと思ったわ〟

〝まだ、一つ、気になることがございまして——〟

〝山田屋の夏吉さんのことでしょう〟

〝山田屋さんとはご近所でしたし、お沙永さんを助けて、わたしの罪があれ以上、重くならないようにしてくれました。今度はわたしがあの人を助ける番だと思っているのです〟

〝夏吉さんの想い残したことが、今一つ、よくわからないのです〟

〝夏吉さんの気持ちに、姫様は、まだお気づきになりませんか〟

〝まさか、夏吉さんがわらわを想ってくれているとでも？〟

――わらわを見る時の悲しそうな様子がそうだったのね。想われるのはうれしくないこともないけれど――

〝でも、夏吉さんとわらわは、たった一度、七ツ口で話をしただけなのですよ。それも何年も前に〟

〝それでも、夏吉さんは姫様のことが忘れられなかったのでしょう。だから、お内儀さんのおあきさんとも、今ひとつ、しっくり行かず――。思い込んだら、容易には相手を忘れることができず、悶々《もんもん》と想い続ける恋もあるのです〟

〝お内儀さんのおあきさんが川に身を投げようとしたのも、お実家に戻ったのもわらわのせいだというのね〟

〝女は敏感ですからね。心ここにあらずの男と一緒に暮らしていると、真底心を病んでしまうものなのですよ〟

〝知らぬこととはいえ、おあきさんに酷《ひど》いことをしました――。いったい、わらわはどうしたら――〟

姫は顔を両手で覆った。

すると、

〝姫様は悪くなぞありません〟

夏吉が前に立っていた。

〝文乃さん、姫様に話をしてくれて有り難う〟

夏吉は文乃に頭を垂れた。

〝お互い様ですよ〟

文乃は微笑して、

〝この場で姫様に想いの丈をお伝えしたらどうです？　姫様がおられるのはこの世、わたしたちはあの世、将軍家の姫様に町人が想いを伝えたからと言って、もう、罪にはなりませんよ〟

夏吉を促した。

〝そうですね〟

夏吉は頷いて、眩《まぶ》しそうにゆめ姫を見つめた。

〝自分が死んだとわかるまでは、どうして、てまえがお城の奥に入ることができて、姫様の近くにいられるのかわかりませんでした。でも、ただただ、それがうれしかったのです。初めて、姫様と言葉を交わしてから何年も経《た》っていましたが、姫様は美しくご成長されていて、さらにてまえの胸は高鳴りました。初めはそんな姫様を拝見しているだけで幸せでしたが、想いは募るばかり、そこで、何としても姫様に自分のことを思い出してほしいと、地球儀に頼ったのです。ところが、姫様は地球儀は思い出しても、てまえの想いには気づいてくださいません。姫様には他の人にはない力があって、てまえが見えて、互いに話もできるというのにです。姫様は実家に戻った女房のことばかり訊いてきて――。がっかりしたてまえは、死んでから初めて、店はどうなっているだろう、おあきはどうしただろうかと気にかかりました。それで、店に戻ってみると、両親《ふたおや》がてまえの訃報を聞いて、嘆き悲しんでいるところでした。おあきも居ました。てまえが死んだと聞いて、おおあわてでした。おっかさんがおあきに、『お腹の子の障りになるようなら、葬式に出ないでいい、やっと授かった大事な跡取りなんだから』と言っているのを聞いて、おあきがてまえの子を身籠もっているのを知ったのです。あとはただただ後悔でした。思いやりのなかったてまえは、いつも、たった一度お目にかかっただけの姫様のことばかり考えていて、おあきが熱があるようだ、けだるいと訴えても、聞き流していたのです。子どもが出来たとわかったおあきは、てまえの子どもを生む決意がつかず、川に身を投げようとしたり、実家暮らしをしたいと言いだしたのです。何もかも、てまえが悪いのです。てまえは愚かな夢に溺《おぼ》れていました。てまえほど悪い亭主はいないのです〃

夏吉は肩を落としてうなだれた。

〃それでも、あなたはスズメバチから沙永を助けようとしたではありませんか〃

姫は沙永がスズメバチの襲撃から逃れられたのは、夏吉の導きあってのことと確信している。

〃お沙永さんという女《ひと》が身籠もっていることはすぐにわかりました。おあきと同じ、微熱のある目をしていたからです。それで、スズメバチが獲物にしている、ミツバチの羽音を真似て、お沙永さんから遠ざけたのです〟

〝沙永を助けたのは、おあきさんへの償いの心ゆえですね〟

ゆめ姫は労《いたわ》るように言った。

〝そうです。おあきに子どもが出来たと聞いた時、天にも昇る気持ちでした。てまえは骸《むくろ》になってもうこの世にいないが、てまえの血を引く子どもが代わりに生き続けてくれる。何て、素晴らしいことなのかと――。それで、おあきと同じく身籠もっているお沙永さんを守らねばと――。本当はおあきに償いたい。でも、もう手遅れです。てまえが話しかけても、おあきには何も聞こえていないようでした〟

〝そこまでのお気持ちがあれば、手遅れではないかもしれませんよ〟

そう言い切ったところで、目を覚ました姫は、文机に向かい、おあきへの文をしたためると、藤尾を呼んで命じた。

「これをすぐに、日本橋本町山田屋のおあきさんまで届けてくるように。東海道金谷宿あたりで拾ったものだと言うのです」

山田屋から帰ってきた藤尾は、

「おあきさんは、これは間違いなく追いはぎに殺されたご亭主の文だと言い、文を読みながらずっと泣いていました。けれども、最後には、〝あの男《ひと》がお腹の子のことに気がついていて、こんなにまで悔い、あたしとやり直そうとしていたとは――。これでやっと、お腹の子と二人、生きていく支えができました〟と言っていました。ただ、わたくしにはどうして姫様の書いた文が夏吉さんの手跡と一緒だったのか――わからないのでございます」

神妙な顔で姫を見た。

姫が答えないでいると、

「いつものことと、考えてよろしいでしょうか」

「まあ、そのように」

ゆめ姫は苦笑した。

藤尾が下がると姫は広縁に出た。

夏吉がからたちの繁みの前に立っていた。

〝姫様、何と御礼を申したらいいか――。あなた様はてまえごときが想っていい相手ではありませんでした。広く人を救うためにおられる尊いお方です。おかげで、これでもう、心残りはなくなりました〟

夕日とは異なる一筋の光が射《さ》している。

〝わたしは姫様のおかげで、お沙永さんと心を通わせることまでできて満足です。ここでお暇《いとま》いたします〟

すっと灯籠《とうろう》の陰から現れた文乃が告げて、その光の中へと歩き出した。

〝姫様、てまえもそろそろ――〟

夏吉は一礼して、すでに姿の見えなくなっている文乃の後を追った。

――夏吉さんとおあきさんの離れていた絆《きずな》が、あの世とこの世に隔てられていながらもつながった。これぞ、夢の浮橋なのね、素晴らしいわ――

ゆめ姫は夏吉が導かれていった光が、虹色に変わっていくのを見守りながら、

――光が虹色に変わるのは珍しいこと――。わらわと慶斉様、互いの心に夢の浮橋がかかるのは、いったい、いつのことなのかしら？　もしかして、二人とも現世にいては起こりえないのでは？――

複雑な想いに囚《とら》われた。

第三話　ゆめ姫が飴幽霊に手こずらされる

一

菊慈童会が無事終わると、

「ほどなく後《のち》の月《つき》でございます、姫様」

そうはたびたび来てほしくない浦路が訪れた。

前月の中秋の名月を里芋が供物となることから芋名月というのに対し、豆や栗《くり》を供える九月十三夜の月を後の月、豆名月あるいは栗名月と称した。この命名の違いは、作物の収穫時期が芋より豆・栗の方が遅いことによるものと思われる。

十三夜の月見は宇多《うだ》法皇が九月十三夜の月を愛《め》でたことが始まりとも、醍醐《だいご》天皇が催した観月の宴《うたげ》が風習化したものとも言われている。

「月見はそう堅苦しいしきたりではないのだから、わらわがいなくても大奥は大丈夫でしょう？」

中秋、後の月を問わず、月見の供え物は芒《すすき》と月見団子（米の粉の団子）である。大奥では十五夜とも言われる中秋には団子が十五個で、十三夜の後の月には十三個と決まっている。

　また、飾られた芒は捨てないで軒先《のきさき》に吊《つ》るしておき、疫病回避の守りとするのが大奥流であった。団子は必ず砂糖と混ぜたきな粉をまぶし付けて供える。これは姫の父将軍がきな粉団子を好んでいたゆえであった。

「姫様は十五夜をこちらで過ごされたでしょう。池本へお戻りになったら、片月見になってしまって縁起がよろしくございません」

　十五夜の月と十三夜の月は同じところで観《み》るものとされているのは、大奥流というよりも江戸流であった。「片月見」は「片見月」とも言い換えられ、まさに死者の形見の「片付見」に通じるものとして忌まれたのである。

「あら、その禁忌なら、吉原《よしわら》の客寄せの一環として生まれたという説があるのですよ。中秋の名月の日を吉原で遊べば、片月見を避けるために、後の月の日も登楼しなければならないようになると言うわけ――。吉原ではどちらの月見の日も「紋日《もんび》」という特別な日とされ、客達はいつも以上に気前のよいところを見せるために散財したとか。そのためか、〝月宮殿へ二度のぼるいたい事〟なんていう川柳まであるそうですよ」

　いたいというのは懐が痛い、大盤《おおばん》振る舞《ま》いさせられるという意味合いである。

　ゆめ姫は戯作者《げさくしゃ》秋本紅葉として信二郎が書いている草紙を読んで、片月見と言われることの一面を知ったのであった。

——目から鱗《うろこ》とはこのことね、世の中のしきたりや風習には意外な真相が眠っていて、こちらは馬鹿馬鹿しく振り回されることが、きっと多いのだわ——

「わらわは西の丸へ移った身ですよ。いわば隠居したも同然、もうしきたりにつきあうのはご免です」

とうとうゆめ姫は思いきった。

「これは異な事を」

浦路はすかさず切り込んできた。

「大権現様の命により、怨霊《おんりょう》、悪霊となって、徳川に仇《あだ》する者たちの供養をなさるを、お役目と定められた姫様のお言葉とは思えません。大奥のしきたりや風習は全《すべ》て、徳川の世が続くことを祈って、江戸開府以降、徳川を呪《のろ》う手強い悪霊、怨霊を近づけぬためのものでもあるのですよ。姫様は徳川の守り神たるもの、これに関《かか》わらずしてどうなさる？　あの世の大権現様のお叱《しか》りを受けますぞよ」

語気強く押し切られ、仕方なく、今少し留《とど》まることにした。

そろそろ池本に戻るつもりが、後の月の宴が終わるまで留まるとなると、今までの疲れがどっと出たのか、しばらくの間、ゆめ姫は夜だけではなく、気がついてみると、昼間も文机《ふづくえ》に突っ伏して、うとうと寝てばかりいた。

「肩も腰も腕までも凝っておいでですよ」

にわか按摩《あんま》をかって出た藤尾が呆《あき》れた。

「御側用人《おそばようにん》様のお屋敷で、いったい何をなさっておいでだったのです？」

姫は煮炊きや裁縫だけではなく、雑巾《ぞうきん》がけや草抜きをも手伝っていると告げた。

「草抜きはともかく、雑巾がけはおやめください」

「まあ、どうして？」

「あれはかなりの力仕事ですし、そのうち二の腕が太くなります」

「それは——」

「お嫌でございましょう？」

「ええ」

「だったら、ほどほどになさってください。しかし、まあ、よく、御側用人様の奥方様は黙っておいでですね」

「叔母上《おばうえ》様はしなくていいとおっしゃっておられるのよ」

「それでは姫様がご自分のお気持ちで？」

「雑巾がけをこなした後のご飯は美味《おい》しいし、うれしいことに顔が小さくなったような気がしたの」

「それは窶《やつ》れたというのです。それゆえ、お疲れが出て、おやすみになってばかりおられるのですよ。こんなことを続けていらしたら、今に病気になります」

「そうなの？　だったら大変だわ」

「先はともかく、今はまだ、姫様はお輿入《こしい》れ前のお身体《からだ》です。しばらく、ゆっくりとおやすみください」

こうして、かなりの時を休息に費やしたにもかかわらず、後の月が終わると、ゆめ姫は熱を出して臥《ふ》せってしまった。

馳《は》せ参じた御典医は、

「微熱が続いておられますが、お咳《せき》もなく、お身体もだるいとはおっしゃらないので、悪い病ではないとお見受けいたします」

首をかしげた。

藤尾と二人きりになると、

「藤尾、これは身体の病ではないわ」

やや青ざめている姫はぽろりと涙をこぼした。

「まあ、姫様、いったいどうされたというのです?」

藤尾はあわてた。

そこでゆめ姫は慶斉との文について話して聞かせた。

「初めはあちらから、文を下さったのよ。それなのに返したら、何のご返事もないの――。市井では女心と秋の空とよくいうらしいけど、これじゃ、男心と秋の空だわ」

秋の空を女心に例えた言葉も、秋月修太郎の戯作を読んで知り得たものであった。

「そのお話、この藤尾、とても他人事《ひとごと》とは思えません」

藤尾は急に黙り込んでしまった。

「何か心配なことでもあるのですか」

姫は気がかりになった。それほど藤尾の様子は深刻そうに見えた。

「もしかして、藤尾もどなたかを想《おも》っていて苦しいのでは？」

「わたくしには想い人などおりませんので大丈夫です。でも、従妹《いとこ》のことで、ちょっと――男女のことはとかくさまざまに糸がもつれますでしょ。特に霊が関わったりすると――」

「話してくれれば、力になれるかもしれませんよ」

「ありがとうございます」

藤尾は意を決して話し始めた。

「わたくしの母の末の弟のことです。河内屋《かわちや》という、両国一の両替屋へ婿入りして、主《あるじ》となり店を継いでいます。その叔父《おじ》の娘が従妹のお福《ふく》なのです。お福はわたくしの一つ年下で、幼い頃はよく遊んだものです。ですが――」

そこで藤尾は言い澱《よど》んだ。

「そのお福さんに何か――」

「二月ほど前、お福から文が来て、この九月の末に嫁入りが決まったということでした」

「それはおめでたいことですね」

「その文は喜びに溢《あふ》れたものだったのですが、一月前によこしたものには、近頃、身のまわりでおかしなことばかり起きる、自分の嫁入りを嫉《ねた》む者がいるのではないか、それを考えると夜も眠れないと書いてきているのです」

「輿入れ先はどちらかしら」

「日本橋の廻船《かいせん》問屋の播磨屋《はりまや》さんです。播磨屋さんといえば、江戸で一、二を争う廻船問屋ですから、願ってもないご縁のはずです」

「それではたしかに良縁を嫉《ねた》む者がいてもおかしくありませんね」

二

藤尾は先を続けた。

「出来上がってきた花嫁衣装の白無垢《しろむく》を纏《まと》ってみたところ、ただ羽織っただけなのに、突然、白無垢が蛇にでも化身したかのように、身体が締めつけられるような気がしたと、お福は訴えていました。でも、まだその時は、身体の調子でも悪いのだろうと思ったそうです。けれども、次に綿帽子を被《かぶ》ってみたところ、ずるっと顔に下がり、大きな烏賊《いか》にでもなったかのように、ぺたりと顔全体を覆われ、息が出来なくなって倒れかけ、店の者たちが総出で、お福の顔からその綿帽子を引き剝《は》がしたそうです」

「聞いていると、たしかにそれは霊の仕業のように思えないでもないわね。けれども、輿入れするということは、生まれ育った実家《さと》へはもう戻れないという、並々ならぬ覚悟のいることでしょう。ですから、お福さんはうれしい反面、不安でならず、心配な気持ちが高じているかもしれないわ」

「わたくしも、当初は、幸せすぎるお福の思い過ごしだとばかり思っておりました。でも、今は違います。おかしなことは婚礼の衣装だけではありません」

「ほかに何かあるのですか」

「〝恨み花〟」

「そんな花あるのかしら」

「〝恨み花〟は花の名ではございません。毎夕、七ツ半（午後五時）頃になると、お福の部屋の縁先に、彼岸花がそっと置かれているのだそうです」

「毒のある彼岸花が〝恨み花〟なのですね」

「〝恨み花〟と赤土で書かれた文字が、縁側に残っているのだそうです」

「子どもは時に心ない悪さをするものですよ」

「わたくしもそう思うようにしておりました。けれども今はとても楽観できません。血で書く代わりに赤土が使われたのではないかとも思えて怖いのです――」

うつむいた藤尾に、

「藤尾はよほど、お福さんが気になるのですね」

ゆめ姫は優しく話しかけた。

「お福を妹のように思っております。ですから、お福には幸せになってほしいのです」

藤尾は必死に涙をこらえている。

「こうなったら、調べに行ってみるしかありませんね」

姫は布団の上に起き上がった。

「姫様、まさか――」

藤尾はあわてたが、ゆめ姫は涼しい顔で、

「河内屋のご主人は藤尾の親戚《しんせき》でしょう。だとすると、藤尾が口添えしてくれれば、わらわは、そこへ一日、二日、泊めていただけますね」

すでに決めていた。

「けれども、姫様、そんなことをしたら、浦路様にお叱《しか》りを受けてしまいます」

「忘れたのですか。浦路が仕切っているのは本丸の大奥だけですよ。われらがいるのは西の丸です」

「御側用人様がお許しになるわけがございません。もし、知れたらどんなお咎《とが》めが――」

「知られなければよいのです。訊《き》かれたら、菩提寺《ぼだいじ》へ祈禱《きとう》の稽古《けいこ》に出かけたとでも、言っておきなさい。大丈夫、ほんの一日か二日のことですもの」

姫は額に手を当て、

「熱はもう引いたようです。不思議なものですね。自分のことを嘆いてばかりいず、他人《ひと》様のお役に立とうと思いついたとたん、元気になるなんて」

立ち上がると、明るく笑い、身仕舞いを始めた。

ゆめ姫が河内屋へ出向くと決めたその日の昼過ぎ、今度は藤尾の叔父の河内屋新左衛門《しんざえもん》から文が届いた。

「十日ほど前、お福の部屋の縁先に〝恨み花〟と一緒に、〝四谷怪談〟の芝居絵が貼《は》り付けてあったそうです。亭主伊右衛門《いえもん》に殺され、怨霊となってさまようお岩《いわ》さんの無残な顔だったとか――」

「さぞかしお福さんは気味悪く感じたことでしょうね」

「驚きと嘆きのあまり、寝ついてしまっているとのことです」

「お医者様は？」

「何人もの偉い先生に診《み》て頂いても、熱が続いて、枕《まくら》が上がらなくなった理由《わけ》がわからないとかで、とうとう叔父は祈禱師まで呼んだそうです。でも効き目はなく、わたくしに文を届けてきたのは、もう長くないかもしれないから、是非とも、会いに来てほしいと――」

「それでは、わらわだけではなく藤尾も一緒にまいりましょう。あの世の大権現様の御為《おんため》、怨霊供養の祈禱に、藤尾も付き添って行ったことにすればよいのです」

「怨霊供養？　そんな御祈禱あるのですか？」

「今、思いついたのですよ。便利そうなのでこれからは、わらわたちだけの御祈禱の稽古に励みましょう」

　相変わらず姫は涼しい顔である。

「たしかにここを抜け出すには、うがった口実ですけれど」

　藤尾は小袖《こそで》に帷子《かたびら》を着けている姫の姿をはたとみつめた。

「わたくしはいつもの宿下がりの時と同じ、商家の娘の形《なり》をいたしますが、姫様はどうしたものかと――」

「わらわは池本へ戻る時の形でよい」

「姫様はお福の幸せを妬む、ひょっとしたら怨霊かもしれない相手と渡り合うわけでございましょう。叔父たちには姫様であるということだけは伏せて、お福を助けてくださる、霊験《れいげん》あらたかな偉いお方だと申します。その姫様が武家娘の形ではふさわしくありません」

「ではいったい、どうせよと」

「比丘尼《びくに》はいかがでございましょう。納戸の簞笥《たんす》を探せば、尼様のお召し物や白絹があるやもしれません」

こうして、ゆめ姫は紫色の僧衣をつけ、白い尼頭巾《あまずきん》を被って乗物に乗り、河内屋へと向かった。

藤尾は一日早く宿下がりを願い出て、実家の羊羹《ようかん》屋黒蜜《くろみつ》屋に立ち寄って、おおよその事情を話してから、河内屋で待っていることになっている。

「ゆめ尼《あま》様のお着きにございます」

藤尾は、うやうやしく姫の手を取った。乗物からおりた姫は忙しく通りを行き交う人たちの姿に目を奪われた。常日頃から、町娘の姿にあこがれているゆめ姫は、町娘の粋な縞《しま》模様の着物が気になっていて、

――この姿でさえなかったら――

　残念に思ったものの、

――いけない、いけない、今はお福さんを助けることだわ――

　自身を戒めた。

「これはこれはゆめ尼様でございますね。お藤《ふじ》いえ藤尾様から伺っております。たいそう霊験あらたかなお方様で、大奥での奇怪な出来事や降りかかる難儀から、お女中方を救われておられるそうで――」

　出迎えた新左衛門は何度も腰を折った。

「どうか、お福をお助けください」

　お内儀のお多恵《たえ》も夫にならい、

「藤尾様、大奥では宿下がりもままならぬと聞いています。こんなにも早くかけつけてくださるとは――。本当にありがとうございます」

　両手で藤尾の手を握りしめた。

　新左衛門もお多恵も顔色が冴《さ》えず、寝ずの看病が続いているせいか目が赤い。跡継ぎであるお福の兄は仕事で上方へ出かけていた。

「もしものことを考え、倅《せがれ》へも文を出したところです。妹の死に目に会わず仕舞いでは、心残りでしょうから」

「叔父様、死ぬなどと縁起でもない」

藤尾はたしなめた。

「だが――」

新左衛門はお福の部屋へと続く、廊下を歩きながら肩を落とした。

「あんなことまであっては、もう医術も及びますまい」

「あんなこととは？」

姫は訊《たず》ねずにはいられなかった。

「昨夜のうちに、白無垢の花嫁衣装が消えてしまったのです。朝、気がつくと、娘の部屋の衣桁《いこう》には、何も掛かっていなかったのです」

「盗まれたというようなことは――」

「考えられません。部屋ではわたしと家内が、夜通し付き添っておりました。娘の容態が気になって、交代でやすんでおりましたが、どちらかは必ず起きていました」

――となると、やはりお福さんの婚礼を妬む、まだ正体がわからない怨霊の仕業ということになるのかしら――

部屋では高い熱を出しているお福が苦しそうな息をしながら臥せっていた。

「お福ちゃん」

藤尾が近寄って手を握ったが、お福は目を覚まさなかった。

「お医者様がおっしゃるには、熱が高すぎて眠りこんでしまっているとのことでした。このままでは、熱で五臓六腑《ごぞうろっぷ》が煮えてしまうので、今日明日が峠《とうげ》だと――」

最後に部屋に入って、障子を閉めたお多恵は、手伝いの小女がお福の額の手拭《てぬぐ》いを替えようとすると、

「あたしがやりますから」

手桶《ておけ》に張った水の中に両手を入れて、

「氷が足りているか、厨《くりや》へ行って確かめておくれ。足りない時はすぐに、誰かを氷屋へ走らせて間に合わせるように」

命じて、

「頭を冷やすほか手だてはないと、お医者様から言われているのです」

言い添えた。

三

「お福ちゃん」

藤尾はお福の手を握り続けている。

「お願い、返事をして」

藤尾の目から涙があふれた。

その時、

〝無駄なのよ〟

女の細い声が聞こえた。

〝何度呼んでもお福は目を覚まさないし、いくら冷やしたってよくなんてならないんだから〟

ゆめ姫は藤尾、お多恵、新左衛門と、その場に居合わせている人たちの顔を見た。どの顔も変わらず沈痛そのものである。

――今の声、聞こえていないのだわ――

そう確信して振り返ると、すぐ後ろに白無垢姿の花嫁が立っている。

〝やっと気がついたのね〟

その花嫁はふふふと笑った。綿帽子の隙間《すきま》からちらりと見えた顔は、つんとした感じではあったが、整った顔立ちの艶《あで》やかな美人である。しかしその笑い顔は意地が悪かった。

「あなたは霊ね」

姫が霊に向かって声に出して話しかけると、

「ゆめ尼様？」

お多恵、新左衛門は顔を見合わせた。

〝そう、怨霊よ。あなたにはあたしが見えるのね〟

もっとも、霊の声はほかの三人には聞こえない。

「ええ」

藤尾にはわかっているが、夫婦にはゆめ姫が独り言を言っているようにしか見えない。

〝あたしが見えるという人に会ったのは、これが初めて。楽しめそうだわ〟

「お話をしましょうよ」

つい誘いかけた姫に、

「ゆめ尼様、ここに霊がいるのでございますね」

お多恵は大声をあげ、

「除霊して、早く、お福ちゃんを助けてあげてください」

藤尾は懇願し、

「お願いです。どんな無理でもきくから、お福の命だけは取らないでくれと、相手に伝えてください」

新左衛門は手を合わせた。

〝うるさいわね〟

花嫁姿の霊は機嫌を悪くした。

〝話もしたくなくなったわ〟

――二人だけで、別のところでならよいでしょう？――

ゆめ姫は慎重に心の中で話しかけた。

〝仕方ないわ〟

――どこがいいの？――

〝前は部屋として使っていたところ、今は納戸になっている〟

――すぐわかるの？――

〝訊《き》けばわかる〟

そこで霊は消えた。

姫は元は部屋として使われていた納戸で、霊と話をすることになった。そこには歌留多《カルタ》や双六《すごろく》、羽子板、独楽《こま》、凧《たこ》などを始めとする、昔、この家の子どもたちが馴染《なじ》んだ遊び道具が埃《ほこり》を被っている。

「玩具《おもちゃ》が好きなのね」

ゆめ姫は話しかけた。

〝そうでもないけど、この家じゃ、ここが一番落ち着くのよ〟

「お願いしたいことがあるの」

〝お福を助けたいなんていう頼みだったら、頼むだけ無駄よ。取り憑《つ》いて殺すと決めたんだから〟

「わかってる。頼み事ではないわ。訊きたいことよ」

〝だったらいいわ、何？　言ってみて〟

「なぜ、あなたはお福さんの花嫁衣装を着ているのかしら？」

〝それはあたしが、お福より先に花嫁だったからよ〟

霊はきっぱりと言い切った。

「あなた、まさか、お福さんのお相手、播磨屋の若旦那《わかだんな》さんと祝言をあげることになっていたとでも？」

　ゆめ姫は驚いて念を押した。

〝もちろん、そうよ〟

「嘘《うそ》でしょう？　あなたが祝言を前に、不幸にして亡くなった霊だということはわかるわ。でも、よりによってお福さんのお相手が、あなたの旦那様になる男《ひと》だったなんて、とても信じられない」

〝それじゃ、播磨屋の若旦那の名を言いましょうか。清太郎《せいたろう》さんというのよ。本当よ。疑うんなら、この店の人たちに訊いてごらんなさいよ〟

　霊は自信満々であった。

「それじゃ、あなたの名は？」

〝言いたくない〟

「どうして？」

〝酷《ひど》い目に遭《あ》わされたし、みんなあたしの名なんて覚えていたくないからよ〟

　霊は不機嫌そうに言った。

「酷い目に遭ったって、どういうこと？」

〝覚えてるのは炎が見えて、ひどく熱かったということ〟

「まさか――」

〝あたし、焼き殺されたんだと思う〟

「何でそんなことを――」

〝みんながあたしを忘れたいのはそのせいよ〟

ぽつりと呟《つぶや》くと、白無垢の霊の姿が消えて、年の頃、三歳ほどの前髪を下げた市松《いちまつ》人形のような女の子が見えた。女の子は無邪気に大きな目を瞠《みは》っている。その目は消えた霊の目によく似て黒目がちであった。

――もしや――

姫がぞっと身を竦《すく》ませると、

〝そうよ、そのもしやなのよ、子どものあたしは殺された〟

耳元で霊が囁《ささや》いた。

この後、ゆめ姫は、

――お福さんは、播磨屋の若旦那と添い遂げられなかった、女子《おなご》の怨霊に祟《たた》られている

のだわ――

確信し、お福の母お多恵と話をすることにした。

「今、播磨屋さんの旦那様がおいでになっています。若旦那の清太郎さんはお福が生きる

か、死ぬかの容態になっていると聞いて、いてもたってもいられず、菩提寺の松福寺《しょうふくじ》に籠《こ》

もって、一心にお福の恢復《かいふく》を願ってくださっているそうなのです」

夫婦の部屋に入って来るなり、お多恵が話し始めた。

――やはり、お福さんの相手は清太郎さんというんだわ――

霊の言っていたことは間違ってはいなかった。

お多恵は先を続けた。

「播磨屋の旦那様は、そんなわけでここへは来られない清太郎さんの代わりだとおっしゃって、お見舞いにと、結構なカステイラを届けてくだすったのです。お福が何も口にできないほど弱っていると聞かれて、万寿屋《ますや》のカステイラの中でも日に二斤しか焼かないと言われ、順番待ちの人がどれほどいるかわからないという名人長助《ちょうすけ》謹製のカステイラです」

〝ふん、みんなに案じてもらえて、お福はいいわね、幸せ者ね――〟

霊が険のある声を出した。

「ところで――」

姫は本題に入って霊の話をした。

「まあ」

霊の話を告げると、お多恵は真っ青になってぶるぶると震えはじめた。

「そんな恐ろしい――」

「では、やはり、本当のことだったのですね」

「たしかに播磨屋さんは娘を嫁入りさせるのに、申し分のないお相手です。縁続きともなれば、河内屋《うち》の商いにも弾みがつくことでしょう。でも、女親はそんなことより、娘の幸せを第一に考えるものです。お福を内儀にと望んでくれている清太郎さんは、商いに才があると評判の上、たいそうな男前でおいでです。何もかも揃《そろ》いすぎている、そんなお方に浮いた話がないはずがありません。それだけが気がかりで、あたしは人に頼んで、清太郎さんのことを調べてもらったのです」

「それでお知りになったのですね」

「播磨屋さんの今の奉公人からは何も訊けませんでしたが、暇を取って所帯を持った女衆《おなごし》の一人、二人から、いろいろ聞くことができたのです」

「お福さんの前に、祝言をあげるはずだった方がおいでだったことも?」

お多恵は苦い顔でうなずいた。

「一緒になることを許してくれなければ、駆け落ちしてでも想《おも》いを通すと、清太郎さんがご両親に掛け合った挙句のことだったと聞いています。相手は播磨屋の女衆で、美代《みよ》という娘さんでした。それで清太郎さんも、なかなかご両親に切り出せなかったのでしょう。でも、結局、ご両親は二人を認めました。跡取り息子に駆け落ちなぞと脅されたら、どんな親でも折れるほかありません」

「駆け落ち――」

――何て素敵な響きかしら。草紙など、ものの本によれば、親や身内に反対された二人が、手と手を取りあって、誰も知らないところへ逃げ、愛だけを頼りに一緒に暮らすことだもの――、わらわも慶斉様と駆け落ちをしてみたい――

姫はつい楽しい想像を膨らませかけて、

――いけない――

あわてて自分を戒めて、

「でも駆け落ちも祝言も叶《かな》わなかったのですね」

お美代の霊の言い分の真相を探った。

「祝言を前にして流行病《はやりやまい》に罹《かか》り、亡くなったそうです」

「大きな幸せを前にして、お美代さん、さぞかし無念だったでしょうね」

「でも、だからと言って、お福を嫉んだ上、祟るなんて、酷すぎます。お福に何一つ罪はないのに――」

お多恵は唇を噛《か》んだ。

「ゆめ尼様、何とかお美代さんの霊を、お福から引き離すことはできないでしょうか」

お多恵はすがるような目で姫をみつめた。

〝あたしをどうにかしようなんて思わない方が、お福の身のためよ。あたしには今すぐ、お福の息の根を止めることだってできるんだから――〟

相変わらず、霊は毒づいている。

「無理やり引き離すのではなく、お美代さんの霊に得心して成仏《じょうぶつ》していただかないと、お福さんの命に関わります」

ゆめ姫はきっぱりと言い切った。

四

「やはり、それしかないんでしょうね」

お多恵は肩を落とした。

するとそこへ、

「お多恵、お多恵」

新左衛門が障子を開けて部屋に入ってきた。

「ここにいたのか」

「ええ、ちょっと」

「播磨屋さんがお帰りになってしまったぞ。中座したうえ、お見送りにも出ずに何だ」

新左衛門は厳しい口調で眉《まゆ》を寄せた。

「播磨屋さんのお見送りより大事なお話を、ゆめ尼様としていたのです」

そこでお多恵は播磨屋清太郎とお美代のことを話した。

「あたしが自分一人の心にしまいこまず、あなたに話して相談していたら――」

「その話ならわしも知っている」

「ええっ？　あなたも知っていらしたんですか」

「わしとて可愛《かわい》い娘のことだ、播磨屋さんから話があった時、すぐに人を頼んですっかり調べたよ」

「祝言の日を指折り数えて死んだという、お美代さんのこともですか」

「何と――」

お多恵の目が吊《つ》り上がった。

「ああ」

「ならば、どうして、お福が清太郎さんと会う前に、あたしに教えてくれなかったんです？　お福は会ってすぐに清太郎さんを気に入り、清太郎さん、清太郎さんで夜も日も明けなくなりました。清太郎さんと一緒になれないんなら、死んだ方がましだなんてことまで言いだして、まるで恋煩《こいわずら》いみたいで――。あたしが調べたのは、もし、向こう様に何かあって、悲しい目に遭うようなことになったら、取り返しがつかないことになると、心配でたまらなかったからなんですよ」

「可哀想《かわいそう》だがお美代さんは死んでしまった。今の清太郎さんに想い女なぞいないんだ。もう、終わったことだと思ったんだよ」

「違います」

お多恵は金切り声を上げた。

「あなたは播磨屋さんにお福を嫁がせれば、何かと播磨屋さんの力が頼めて、河内屋の商いが大きくなる機会に恵まれると算盤《そろばん》を弾《はじ》いたんです。商いのためなら娘がどうなってもいいと思ったんですよ」

「何を言いだすんだ。そんなことを思うわけがないだろう」

「それなら、今すぐ播磨屋さんに、ここへ戻っていただいてください」

「それでどうしようというんだ？」

「向こうの隠していた事情を話して、お福の嫁入《や》りを止めさせるんですよ。そうすれば、お美代さんの霊も、もう、お福を恨みません。きっと、お福から離れてくれます」

「それはできない相談だ。考えてもみなさい。普通、このような場合、向こう様から婚礼は見合わせるとおっしゃってこられても、仕方のないところなんだよ。それがどうだ、播磨屋さん親子の気持ちの篤《あつ》さときたら――。清太郎さんはお福が元気になるようにと、寺に籠もって祈っていなさるのだよ。並みの気持ちではできぬことだ。その上、播磨屋さんは万寿屋の名人長助謹製のカステイラを、番頭なぞに届けさせないで、わざわざご自分で足を運んで届けてくだすった。向こう様がそこまで篤いというのに、こちらは、とっくに死んでしまっている女の話を蒸し返して、このままでは、娘がその女に取り殺されるから、話は破談にしてくれなぞと言えると思うのか」

新左衛門は諭した。

ところがお多恵は、

「やっぱりあなたはお福より、商いが先なんです」

夫を睨《にら》みつけた。

「播磨屋なんてなくなってしまえばいい」

「いい加減にしないか」

新左衛門の平手が鳴って、お多恵は打たれた頬《ほお》を押えた。そして、

「あなたのせいでお福は死ぬんです。あなたのせいで――」

夫に摑《つか》みかかり、

「この薄情者」

泣きじゃくりながら、固めた拳《こぶし》で何度も夫の胸を叩《たた》き続けた。

「お多恵、おまえの気持ちはよくわかっている」

肩を軽く叩いて妻を宥《なだ》めた新左衛門は、

「このわしだってどれだけ辛《つら》いかしれない」

泣くように呟き、

「何とかならぬものですかな」

ゆめ姫をこれ以上はないと思われる強い目で見据え、

「お福が霊に取り憑かれたのならば、追い払って病を治すは、ゆめ尼様、あなたの役目のはず。それができぬとあれば、除霊師という看板、お外しなされ」

あたりに鳴り響くような大声で迫った。

それを聞きつけた藤尾がお福の部屋から飛び出してきて、

「叔父様、何をおっしゃるのです」

大声を張り上げた。

「わしは道理を言ったまでのこと」

新左衛門はたじろがなかった。

「このお方を何と心得ます？　大奥のお女中方は言うに及ばず、上様、ひいてはあの世の大権現様にも信頼厚きお方なのですよ。徳川の守り神であられる、尊きお方に、今のような無礼な物言い、許すことはできません」

藤尾の声はまた一段と高くなった。

「これはとんだご無礼を」

先に畳に両手をついたのはお多恵で、新左衛門はあわてて内儀にならった。

「娘のことばかり思い詰めて、つい、あなた様に当たってしまいました。お恥ずかしい限りです」

新左衛門は畳から頭を上げずに言った。

「どうかお気になさらずに。お福さんの命を助けたいという、お二人のお気持ちはよくわかっています」

「お美代さんの霊を癒《いや》すことができれば、お福さんを助けることができるのです。それには、お美代さんが亡くなった時のくわしい事情を、知らなければなりません」

「くわしい事情とおっしゃられても――」

「間いた話では、ただ一夜にして亡くなったとしか――」

新左衛門とお多恵は顔を見合わせた。

「一番よくご存じなのは清太郎さんだと思います。わたくし、清太郎さんが籠もられているという松福寺へ出向いて、お話を聞かせていただくことにいたします」

姫の言葉に藤尾はすぐに、

「わたくしもお供いたします」

立ち上がりかけたが、そこへ、

「藤尾様に文が届いております。お実家の黒蜜屋からここにおいでだと聞いてきたのだそうです」

文を手にした手代が障子を開けてかしこまった。

「あら、まあ」

差し出し人の名を見た藤尾は青ざめた。

「浦路様からでございます」

姫の耳元でそっと囁く。

浦路の藤尾への文には以下のようにあった。


大奥にて数名の者が、高熱、頭痛、吐き気に見舞われ、医者は瘧《おこり》（熱病の一種）と診たてました。瘧は悪化すると、意識を失ったり、小水（尿）が出なくなったりして命を失います。市井には一人の瘧患者も出ていないというのに、何とも因果な話です。これぞ徳川の世を憎む者の怨念かもしれません。今だに蚊が多いゆえ、誰ぞの怨念が蚊に取り憑いたのかも――。

ともあれ、今は取り急ぎ、九月蚊帳《くがつがや》を用意しなければなりません。ついては、御台所《みだいどころ》様だけはそなたの九月蚊帳を御所望です。上様にも是非、そなたが手ずから書く雁《かり》と蜻蛉《とんぼ》をとおっしゃっておられます。すぐに大奥へと戻り、御台所様、上様のための九月蚊帳を仕上げるように。

今こそ、そなたが忠義を示す時です。

なお、ゆめ姫様は大権現様の御為の祈禱修業中であられるとのことなので、大奥へは戻らず、池本家から然《しか》るべき名刹《めいさつ》を訪ねて、瘧を退治する祈禱をしてくださるようお願いしてください。

瘧患者のいない市中は、姫様にとって安全なのも何よりです。

浦路

藤尾へ

この文を姫に見せた藤尾は、

「ここまでおっしゃられてしまうと、すぐにわたくしは大奥へ戻らないわけにはまいりません」

藤尾は身仕舞いを始めた。

ちなみに九月蚊帳とは、九月に入ってもまだ吊っている蚊帳のことで、その際には蚊帳の四隅に雁を描いた短冊を結びつけた。

初冬に雁が渡ってくる頃には、さすがに蚊がいなくなるので、早くその時期が来るようにとの祈願であった。大奥では誰がいつ言い出したか、蚊帳の四隅の鐶《かん》の緒に結ぶ、短冊の絵は雁だけではなく、蜻蛉をも一緒に描くしきたりとなった。蜻蛉の幼虫は蚊の幼虫を餌《えさ》とするからである。

何年か前に、大奥で九月蚊帳が要り用になった時、画才のある藤尾はなかなか趣きのある構図で雁と蜻蛉を描き、流行《はやり》はじめていた瘧がぴたりとおさまり、日々、不安に戦《おのの》いていた御台所を安心させた。

以来、九月蚊帳は藤尾の役目と決められてしまっていたのである。たとえ、西の丸へ移っていても、御台所様、上様への忠義を怠ることはできない。

「浦路が困っているのであれば、力になってやらねばなりませんね。戻らなければどんなお咎めを受けるかしれないし。藤尾は浦路のように上を目指して、大奥に骨を埋める覚悟だったでしょう？　ここは何とかして、わたくし一人でお福さんの除霊を成功させますから、藤尾は安心して大奥へ戻りなさい」

藤尾を急いで乗物で大奥へと帰すと、ゆめ姫の方は松福寺へと向かう駕籠《かご》を用意してもらった。

五

駕籠の中の姫はお美代に話しかけている。

「お美代さん、あなたももちろん、おいでになりますね」

白無垢姿で人形ほどの大きさになって、ゆめ姫の膝《ひざ》の上で、駕籠に揺られているお美代の霊に念を押すと、

〝まあね〟

仏頂面である。

「清太郎さんに会えるのですよ。わたくしが一緒なら、わたくしを通じて話もできます」

〝今更会っても――。前はともかく、今じゃ、向こうはお福に夢中。あたしなんて忘れたい相手に決まってる〟

「だったら、恨みつらみをぶつけてみてはいかがですか」

〝それもいいね、そうしようかな〟

お美代の霊は渋々ついてくることになった。

途中、

「ところでお美代さん、何かお好きなものはないのかしら？　たとえば綺麗《きれい》なお花とか、着てみたかった着物の柄とか――」

ふと思いついてゆめ姫は訊いてみた。

生前好んだり、憧《あこが》れていて叶わなかったことがわかって、それらを供養にと差し出せば、荒れた心を癒すこともあるのではないだろうか。

しかし、お美代の霊は何も答えなかった。

姫がしばらく駕籠に揺られていると、突然、

〝止めて〟

お美代の霊の声がした。

〝止めてくれないと、あたしはここでいなくなるよ〟

あわてて、

「止めてください」

ゆめ姫は駕籠舁《か》きに言った。

〝あんたも外に出てごらんよ〟

お美代の霊はうきうきしている。

「少し気分が悪いので、ここでしばらく休みます」

そう駕籠舁きに告げて、ゆめ姫は外に出た。

甘酒屋などの食べ物屋が並んでいる通りであった。縁台に大きな傘を立てて、乾いた草の茎の先を吹いている男の姿があった。よく見ると、男が口で吹いている草の茎先には、丸い鼈甲《べっこう》色のものが付いていて、吹くにつれて、みるみる膨れあがり、瓢箪《ひょうたん》の形になった。

――何てすごい、それにいい匂《にお》い――

思わず姫はごくりと生唾《なまつば》を飲んだ。

〝美味《おい》しいんだよ、あの鼈甲飴《あめ》。甘くてちょっと焦げ目がほろ苦い。それに飴細工だからね、形だっていろいろある。鳥に猿に茄子《なす》、大黒《だいこく》さんなんか――〟

お美代の霊が説明してくれた。

――こんな面白い飴、はじめて見たわ――

「お美代さんの好きなのは鼈甲飴とやらだったのね」

〝鼈甲飴だけじゃない、甘いお菓子が大好き。黒蜜の砂糖衣がたっぷりかかった花林糖《かりんとう》なんぞもたまらない〟

「お菓子が好きなのね」

――よかった。やっと一つ、お美代さんの霊を慰められるものが見つかったわ――

〝あんた、一つ、鼈甲飴を買って舐《な》めてごらんよ〟

――食べることができない霊に代われば、さらなる供養になるかもしれないわ――

「それを一つ」

出来上がったばかりの瓢箪の飴をもとめようとして、

――あ、駄目――

ものの本によれば、市中で暮らしていくのには、銭というものが必要であった。

――どうしよう――

もしやと思って懐を探ると、布の赤い財布が見つかった。

――藤尾だわ。藤尾が気を利かせてくれていたのね――

ゆめ姫がほっとして、財布から銭を出して飴を買おうとすると、

「尼さんから銭は取れねえよ。誰かの供養にしてくれ」

草を吹いて瓢箪を作っていた飴屋は受け取ろうとしなかった。

――市中の方々って、なんて、よい心がけなのでしょう――

姫は感心する一方、

――でも、供養とはいえ、わらわが飴を舐めてよいものかしら――

駕籠に戻って再び揺られながら悩んだ。

〝早く舐めてみなさいよ〟

お美代の霊は急《せ》かしてくる。

「それでは」

ゆめ姫は思い切ってぺろりと瓢箪を一舐めしてみた。

――甘い、美味しい――

うっとりと目を細めて、さらにぺろり、ぺろりと続け、ふと、

――これは絶対、父上にお勧めしなければ。でも、白玉や心太《ところてん》と違ってこれはむずかしそう。いくら父上が熱心に学んでも、瓢箪や鳥は吹けそうにない――

などと思ったもののすぐに、

――今はそのような横道にそれている場合ではなかった――

瓢箪飴を舐めるのを止めた。

「ところでお美代さん、お美代さんがこんなに飴が好きなのは、何か理由《わけ》があるの？」

〝好きなものは好きなのよ。悪い？〟

「そんなことはないけれど」

〝なら、それでいいでしょ〟

お美代の霊はまた黙りこんでしまった。

——もしかして——

姫が思い出したのは、いつだったか、子どもの頃、浦路が話してくれた昔話であった。

——〝飴屋の幽霊〟という話があったわ——

毎夜毎夜、飴屋へ通い詰めて飴をもとめていく女がいて、不審に思った店主が後を尾行《つけ》てみると、そこは寺で、女は新仏の出た墓の中へと消えて行った。赤子の泣き声がするので、その墓を掘り起こしてみると、埋葬された棺桶《かんおけ》の中には、すでに死んでいる女が、生きて泣き声をあげている赤子を抱いて、飴を舐めさせていたという。

——お美代さん、河内屋の納戸で話してた時、気になることをわらわに囁いたわ。〝子どものあたしは殺された〟って——

ゆめ姫のもしやという思いが、ほぼそうだという確信に変わっていく。

——〝飴屋の幽霊〟はお話だから、赤子は助かるけれど、お美代さんのお腹《なか》の子はもう亡くなってしまっているに違いない。お美代さん同様、成仏できずにこの世をさまよっているのね。だから、あの納戸で見えたのね。子どもだから、おもちゃが好きで、納戸に住み着いているのだわ。お美代さんはその子が愛《いと》おしくて、そばにいたくて、それで、あの納戸を落ち着くと言ったのだわ。なんて切ない母子《おやこ》の話なのでしょう——

駕籠が松福寺に着いた。姫はお美代の霊と一緒に山門を潜った。

——お寺というものはどこもあまり変わりがないものだけれど——

ゆめ姫は墓地のある方をちらりと見た。徳川家の参り慣れた菩提寺と、違っていることが一つあった。三体の霊が見える。人の姿をしている。老いも若きも男も女もいた。じっと姫が見つめていると、向こうが気がつき笑って会釈した。

〃変わったやつが来た〃

手拭いを首にかけた若い職人風の男がゆめ姫を指差した。

〃あの女、あたしたちが見えるようよ〃

涼しい目をした柳腰の美女が言った。声まで美しい。

〃見えるってことは、話もできるのかな。やけに若くて綺麗な尼さんだぜ〃

若い男は興味津々だったが、頭巾を被った赤ら顔の隠居然とした老爺《ろうや》が、

〃つまらん色気を出して、余計なことをするなよ。この世のやつと下手に関わると、あの世へ帰る道を見失う。えらい目にあうぞ。それに俺たちは、成仏できてないわけじゃない。俺なんぞ、お供えの酒につられて、ちょいと、出て来てみただけなんだから。酒はこの通り堪能《たんのう》した。だから俺はそろそろ帰るが、どうだい、おまえらも一緒に戻っては？——〃

眉《まゆ》を寄せて諭すと、たちまち霊たちは姿を消した。

霊の話が聞こえていた姫は、

――菩提寺でご先祖様の霊に会ったのは、この間の大権現様が初めて。きっとご先祖様たちは皆、あの世でもいかめしく構えておいでなのだと思ったわ。それに比べてどうでしょう、市井の人たちは霊まで賑《にぎ》やかで楽しい方たちばかり――

ますます江戸の町と人が好きになった。

――とはいえ、いい方ばかりではないわ――

今こそ、清太郎にかけあって、お美代が死んだ真相を突き止めなければならなかった。

松福寺にはすでに河内屋から使いの者が文を届けていた。

「上様お声がかりのたいそう位の高い、尼様と伺っております。その旨、播磨屋の清太郎さんにも伝えてございます。本堂で待っておられますので、どうかお話をなさってください」

六

松福寺の住職はただただ恐縮して、ゆめ姫を本堂へと案内した。

盛大に護摩《ごま》が焚《た》かれ、水晶の数珠《じゅず》を手にした清太郎が目を閉じて一心に祈り続けていた。

その顔は端正ではあったが、寝食を忘れているせいか、また、心の奥深くに巣くう悔恨のためか、青ざめきって窶れていた。姫は清太郎の前に座った。

「拙僧はこれにて」

そう言って、住職が席を外すと、ゆめ姫が口を開くより先に、

「ゆめ尼様とおっしゃいましたね。どうか、どうか、お福さんの命を助けてください」

清太郎は姫の前に平伏した。

「お福さんが危ないと知らされてから、わたしはここへ籠もり、朝夕、御住職に病を払う祈禱をお願いしている上、わたし自身も祈りを絶やさずにおります。けれども、お福さんには恢復の兆《きざ》しがないようで――。河内屋さんからの文には、もう、あなた様しか、お福さんを救える方はいないと――」

「お福さんを救うには清太郎さん、あなたの助けがいるのです」

「わたしにできることがあるのなら、何なりとおっしゃってください」

「あなたにはお福さんの前に、娶《めと》ろうとされた方がいましたね」

「それは――」

清太郎は口籠《くちご》もった。

「人の口に戸は立てられません。お福さんのご両親はご存じです。お美代さんですね。どうか、このお美代さんのことを包み隠さず、わたくしに話してください。特に亡くなった経緯《いきさつ》についてくわしく、正直に――」

「お美代が死んだ理由――」

清太郎は眉間《みけん》に皺《しわ》を寄せた。

「お福さんのご両親は、流行病で亡くなったと聞いておられるようですが、本当なのでしょうか」

ゆめ姫はお美代の霊が、炎が見えて熱いと洩《も》らしていたことを忘れてはいなかった。

「そうではありません」

清太郎はうつむいた。

「亡くなった本当の理由は、たとえ死んだ後でも、誰にも言わないでほしいというのが、お美代の願いでしたから。わたしはお美代との約束を破りたくないのです。約束を破ったら、お美代はきっと怒ります。わたしはその怒りが怖いのです。これ以上、何をするか――」

そこで姫は、はっと思い当たり、

「あなたがここへ籠もったのは、お美代さんの霊を鎮めて、お福さんを助けるためだったのですね」

うなずいた清太郎は、

「わたしたちの祝言を邪魔立てしているとしたら、思い当たるのはお美代しかいません。お美代の墓もこの寺にあることですし、ここで祈って、お美代にわかってもらうしかないと思ったのです」

「お美代さんのお墓がここに？」

「祝言の三日前にお美代は死にました。孤児《みなしご》のお美代には縁者がおらず、それで、父方の叔父の遠縁の娘ということにして、播磨屋の墓の横に葬ったのです。これには両親も納得してくれました」

「お美代さんは、祝言を前に亡くなって、播磨屋の嫁ではなく、遠縁の娘として葬られたのが、心残りだったのかもしれませんよ」

「そんなこと、あるはずありません」

清太郎はきっぱりと言い切り、先を続けた。

「あなたはお美代を知らないからそんなことを言うのです。お美代はそんな女ではありませんでした」

「つつましく謙虚な方だったのですね」

「そうです。忍耐強く、働き者で、それに何より、他人《ひと》への思いやりが深かった。死ぬ直前、お美代はわたしにこう言ったんです。〝あなたに出会えて、あたしは現世でこんなに幸せだった。だから、もうこの世に思い残すことは何もない。きっと成仏するから、死んだあたしのことは、もう心にかけずに、よい人と出会って幸せになってほしい〟と。そして、にっこり笑って息を引き取ったんです」

──亡くなると人が変わることがあるのかも。それとも、お美代さんが清太郎さんを想い続けるあまりのことだろうか──

「でも、そのお美代さんが、お福さんに取り憑いているのはたしかです」

「信じたくはないが、そうなのですね」

清太郎はうなだれた。

「お美代さんはあなたによく思われたくて、死を前にしても、本心を隠していたのではないでしょうか」

「夜叉《やしゃ》の心を菩薩《ぼさつ》の顔で隠していたと？」

「人は誰でも心に夜叉と菩薩の両方を住まわせているものです」

すると、突然、護摩の匂いが消えて、さらさらと草の葉がこすれ合う音が聞こえてきた。

〝ゆめ尼様、ゆめ尼様〟

その声は鈴を転がしたように澄んで美しかった。

——どこかで聞いたような——

〝ゆめ尼様、お願いです。お話がしたいのです。けれども、ここは護摩の匂いが強くて、苦手なわたしは、一時しかいることができません。どうか、外へ出てあたしのところまで来てください〟

さらさらという音が、ゆめ姫の耳元から廊下へと移った。

「わかりました」

姫は清太郎に中座する旨を告げ、立ち上がって、廊下へ出ると、草の葉の音に誘われるままに、境内《けいだい》を歩き、墓地へと進み、いつしか播磨屋と刻まれた大きな墓石の前に立っていた。

〝お運びいただきまして、ありがとうございます〟

脇からすっと現れたのは、先ほど、ご隠居や職人の霊と一緒に居た、目元の涼しい、ほっそりとした美女であった。

「あなたがお美代さん？」

白無垢姿のお美代の霊とは違う。

〝はい。清太郎さんがお福さんを案じて、ここへおいでになった時から、ずっと気を揉《も》んでおりました〟

「それでさっきも――」

〝ええ。護摩のせいでなかなか本堂には近づけず、たとえ清太郎さんに会えたとしても、話をしてわかってもらうこともできず、どうしたものかと、思い悩んでいて、このところ毎日、あちらからこちらへ来ていたのです。このままでは、お福さんだけではなく、清太郎さんまで命を落としかねません。何とかしなければと、心ばかり急いて――。清太郎さん、あたしとの約束なんて守り通さずに、本当のことをおっしゃればいいのです。あたしはゆめ尼様が、お疑いになっておられるような、無残な死に方をしたのではありませんから〟

「あなたが清太郎さんに代わって話してください」

〝あたしは急な病ではなく、生まれつき心の臓が悪くて、寿命で死んだのです。清太郎さんはそれを話すと、旦那様やお内儀さんが祝言をあげさせてくれないからと、話さずにいたのです。あたしは孤児の上、奉公人でしたから、もともと、若旦那の嫁になれるような身分ではないのです。ですから、ずっとこのまま日陰の身で満足だと言ったのですが、清太郎さんは、どうしてもあたしに花嫁衣装を着せてやりたいって――。あたしが死んでも本当のことを言わないでほしいと頼んだのは、息子に〝嘘《うそ》をつかれていた〟と、恩ある旦那様たちをがっかりさせたくなかったからです〟

――たしかにお美代さん、清太郎さんが言っていたように、誰に対しても思いやりの深い女《ひと》だわ――

〝旦那様たちは可愛い一人息子の清太郎さんが、駆け落ちするなぞと言いだしたので、心の底ではあたしのような者が嫁ではご不満でも、認めてくだすったのです。さぞかし辛い、たまらないお気持ちだったと思います。ですから、もうこれ以上は悲しい思いをおさせしたくありませんでした〟

「それではあなた、お福さんのこと――」

〝お福さんは大店《おおだな》の河内屋さんのお嬢さんです。釣り合いの取れたよいご縁だと、草葉の陰から喜んでおりました。それなのに――〟

お美代はそっと片袖を目に当てた。

「あなたのお気持ちはよくわかりました」

ただし、まだ幾つかわからないことはあった。

「あの世へ旅立つ前のことをお訊きしたいのです。炎を見たとか、熱さに耐えかねてというようなことは？」

〝ございません〟

「熱いと感じたことも？」

〝恐れていた心の臓の発作に見舞われただけですので、熱さえ出ていなかったと思います〟

訊きにくいことは最後になった。

「こんなことをお訊きするのは、どうかと思うのですが――」

〝わたしが身籠もっていたのではないかというお疑いですね〟

お美代は言い当てた。

〝お疑いはご無用です。あたしと清太郎さんの仲はずっと清いままでしたから。もし、男女の契りを交わしてしまったら、互いにどうしようもない未練を残すように思えて、あたしは清太郎さんに、祝言の夜までは清いままでいたいと頼んだのです。結局、そのままになりました〟

お美代は少しばかり寂しそうな表情になった。

〝でも、これで清太郎さんは死んだわたしよりも、生きているお相手を何よりと感じて、幸せになってくれるはずです〟

「お美代さん、あなたという方は――」

知らずとゆめ姫の目から涙がこぼれ落ちていた。

――素晴らしい心根の方だわ――

姫はお美代の手を取って握った。

〝ゆめ尼様、あなたにお会いできてよかったです。ありがとうございました〟

深々と頭を下げたお美代の姿が、

〝そろそろ行かなければ〟

いくぶんぼんやりと薄れてきて、ゆめ姫が握っていたお美代の手の甲が薄く透けている。

「わたくし、あなたのために何かしてさしあげたい。わたくしにできることがあったら、遠慮なく言ってください」

姫は頼りなくなったお美代の手を、力一杯両手で包み込んだ。

〝よろしいのですか〟

変わらずお美代は慎み深かった。

「もちろん」

〝それでは、一つ、お願いがございます。清太郎さんはあたしがお福さんに取り憑いて、苦しめていると思っています。本堂だけではなく、ここへもいらして、念仏を唱えながら、しきりにわたしに、お福さんとのことの許しを乞《こ》うのです。そうではないと誤解を解きたくても、あたしの声は清太郎さんには届きません。これほど無念で、悲しいことはないのです。あたしはただ、清太郎さんの幸せを願い続けているだけなのですから。何とかあたしの想いを伝えていただければと――〟

「わかりました。ちょっと待っていてください」

ゆめ姫は急ぎ本堂へ戻ると、

「清太郎さん、あなたに会わせたい人がお待ちです」

清太郎をお美代の待つ播磨屋の墓石の脇の墓標の前に伴った。

お美代と清太郎が向かい合った。姫にはさっきよりも、特に手足が薄れてきているお美代の姿が見えている。

「お美代さんですよ」

「わかります」

意外にも清太郎は微笑《ほほえ》んでうなずいた。

「見えるのですか」

「いいえ、見えてはいません。けれど、心に清々《すがすが》しい風が吹いているような気がしています。お美代とはね、一緒にいるといつも心がさーっと清められるのを感じたものです。今も感じています」

「そうとわかっていたら、なぜ、このところ毎日、お福さんのことで、あたしに許しを乞うたりなさったの？」

姫はお美代が呟いた通りに伝えた。

「情けないわ。あたしがお福さんを呪《のろ》っているなんてこと、あるわけないじゃないの」

「そうだった。つい気が焦ってそんな風に思い込んでしまったんだ。お美代、許しておくれ」

「謝らなくていいから、幸せになって。それだけ、ただそれだけがわたしの願いよ」

「わかった、お美代、ありがとう」

すると、お美代の戒名が刻まれた墓標の脇が光に包まれて、お美代はすーっとその中に消えていった。

「お美代、ありがとう」

繰り返した清太郎は、お美代の墓標の前で手を合わせた。

七

このすぐ後のことである。

「ゆめ尼様」

住職が駆け寄ってきた。

「たった今、河内屋の使いのお方がおいでになりました」

「まさか、お福さんの身に――」

清太郎は不安そうに顔を翳《かげ》らせた。

二人は急いで河内屋へと向かった。

河内屋ではお福の病床ではなく客間に通され、そこへ新左衛門が入ってきた。

「お福の熱が下がって、やっと目を覚ましました」

「よかった」

ゆめ姫は胸を撫《な》で下ろしたが、

「たしかに」

清太郎はまだ不安そうだった。

「熱は下がったものの――」

応《こた》えた新左衛門の顔は晴れていない。

「何か心配なことでもあるのですか」

姫は訊いた。

「夢を見たと言ってふさぎ込み、水さえ喉《のど》に通そうとしないのですよ」

それを訊いた清太郎は、

「高い熱を出した後です。まずは水や重湯からはじめて滋養をつけないと。看病はわたしがいたします、お任せください」

意気込んだが、

「清太郎さんには会いたくないと、お福は言っています」

新左衛門は言いにくそうに下を向いた。

「そんな――」

清太郎は絶句した。

「信じられない」

「気になる夢のせいですね」

ゆめ姫は言い当てた。

「そうなのです」

新左衛門はため息をついた。

「何でも、清太郎さんがお墓の前に立って、〝お美代、お美代〟と話しかけている姿を夢で見たのだそうです」

姫と清太郎は顔を見合わせた。

「お美代というからには、女子に違いないとお福は言いました。そして、清太郎さんはきっとまだ、死んだこの相手を思い切れないでいるのだろうから、自分の方が清太郎さんを思い切るしか道はないと。祝言など挙げることなどできはしないと気が沈んでいるのです」

「たしかにわたしは以前、お美代を娶るつもりでした。でも、今ではお福さんと幸せになりたいと思っています」

清太郎は言い切ったが、

「やはり、お福の夢は本当だったんですね」

新左衛門のため息はさらに重くなった。

――なぜ、お福さんはお美代さんのお墓の前に立つ、清太郎さんの姿を夢で見たりしたのかしら――

そこでゆめ姫は、

「お福さんは何か声が聞こえたと言っていませんでしたか？」

新左衛門に確かめると、

「お美代さんの声がしたと。自分たちは相思相愛で、たとえあの世とこの世に別れさせられても、誰にも引き離すことはできないのだと、お美代さんは脅していたそうです。何ともこればかりはどう仕様もない」

やや口惜《くや》しそうな物言いをした。

「お福さんの心は、その声に操られています。本心では清太郎さんが慕わしくてならず、諦《あきら》めるのが辛すぎて、何も喉を通らないのでしょう」

「それではお福は、このまま食を断ったままになって、いずれ取り返しのつかないことに──」

新左衛門の声が震えた。

「お美代はああ言ってくれました。なのに、どうしてこんなことが」

清太郎は苦悶《くもん》の表情で、

「まさか──」

繰り返し呟き、

「ゆめ尼様、どうしたら──」

救いを求めるかのように姫を見つめた。

「あなたは決して、お美代さんを疑ってはなりません」

ゆめ姫はぴしりと念を押した。

「あの世に渡られたあの方をこれ以上、苦しませたり、悲しませたりしてはなりません」

「お美代が関わっていないとしたら、お美代の霊を騙《かた》っているのは、いったい誰なのです？」

清太郎は恐る恐る訊いた。

「はっきりとはわかりませんが、手がかりはあります」

「どんな手がかりです？」

新左衛門が身を乗り出した。

「お美代さんの霊を騙っていた白無垢の霊は、自分が死んだのは殺されたからだと言い、炎が見えて、熱くてならなかったと話していました。白無垢の霊は火と関わって亡くなったのだと思います。そして、河内屋さんの元は部屋だったという納戸に、ずっと住み着いてきたようです。だとすると、この霊は昔、河内屋さんの火事で逃げ遅れた女の人と、その人の連れていたお子さんなのではないかと——」

「うちと河内屋さんとは曾祖父《そうそふ》の代から、商いのつきあいがあると聞いていますが、その河内屋さんが火事に遭ったことがあるとは耳にしていません」

清太郎は首をかしげ、

「火事は大罪、この江戸市中で火事など出したら大変です。厳しいお裁きが待っていて、どんな大店でも店仕舞いをさせられてしまいます」

やや青ざめた新左衛門は何度も頭を横に振った。

「もう一つの手がかりは飴です」

ゆめ姫は先を続ける。

「子どもが舐める飴ですね」

清太郎は念を押した。

「ええ、そうです。白無垢の霊はこの飴を好むようです。連れている女の子のためなのでしょうが——」

「飴好きの女の子の話なら——」

思い出した清太郎は、

「父が母にひそひそと話をしていたのを、子どもの頃、聞いたことがありました。〝河内屋さんであの子がいなくなって久しい。あの子は飴好きが禍《わざわい》して〟と——」

「〝あの子〟に心当たりは?」

姫は新左衛門に訊いた。

「ありません。ただ河内屋には、〝飴と蠟燭《ろうそく》には関わるな〟という家訓があります」

新左衛門は応え、

「いつかお福さんと江戸の町を歩いていた時のことです。飴細工が売られていて、わたしがもとめようとすると、〝うちでは飴だけは、誰も食べてはいけないことになっている〟と、お福さんに断られたことがありました」

清太郎は思い出し、

「河内屋さんに招かれた折、仏壇にお参りさせていただいたところ、線香だけでした。灯明が上がっておらず、どうしたのかと思いました。仏壇の灯明は蠟燭でしたね」

さらに言い添えた。

聞いていたゆめ姫は、

「新左衛門さん、清太郎さん、よく思い出してくださいました。これで白無垢の霊の正体がほぼわかりました。大丈夫です。お福さんの身体と心は、必ず元通りに戻してさしあげます。お福さんに会わせてください」

廊下へ出て新左衛門とお福の部屋へと向かった。

清太郎は、

「お美代の霊を騙って、お福さんの命まで奪おうとしている憎き奴、どうか、わたしに退治の手伝いをさせてください。一命に代えてもわたしはそ奴を退治して、お福さんを助けたいのです」

強引についてこようとしたが、

「退治などという、新たな憎しみを生ませる手だてを、わたくしはとりません。わたくしの役目は、供養して成仏していただくだけなのです。どうか、しばらくここでお待ちください。追って、よい報《しら》せをお届けします」

姫は断った。

――わらわの思っているような霊であれば、積年の孤独が過ぎて心が歪《ゆが》みきってしまっている。清太郎さんがお福さんに寄せる想いを見せつけられたら、荒《すさ》んだ心にまたしても大風が吹いて、宥めるのがいっそうむずかしくなる――

お福の部屋に入ったゆめ姫は布団を被ったまま、顔も見せようとしないお福には声をかけずに、両親と話をすることにした。

「あなた方にはお福さんの前に、亡くされた女のお子さんがおいでですね」

姫はすぐに切り出した。

「それがお福のことと、どう関わっているのですか」

新左衛門は余計なことだといわんばかりの顔で言った。

「その方の霊を救ってさしあげないと、お福さんも救われないからです」

「本当ですか」

お多恵はぶるぶると震えている。

「はい」

ゆめ姫は言い切った。

「たしかにわたしどもにはお幸《こう》という娘がおりました。お福の五つ違いの姉です。けれども、亡くなったのではありません。人さらいに攫《さら》われていなくなったのです。もしかして、どこかで命を落としているかもしれませんが――」

するとその時、姫は自分の背中に誰かが貼りついたのを感じた。重い。

——あなたね、お幸さん——

「どこかで命を落としているかもしれないだなんて、そんな嘘、ひどいよ、おとっつぁん」

ゆめ姫の口を借りて、お幸が話し始めた。拙《つたな》い子どもの話し方である。

「あなた、お幸ですよ」

お多恵の姫を見る目が母親のものに変わっている。

「お幸、そこにいるのね」

お多恵の声は優しかった。

「おっかさん」

お幸が叫んで、ゆめ姫は背中が軽くなった。座っているお多恵の両手が後ろにまわって、赤子をあやすような仕種になった。

「何を馬鹿な猿芝居をしているのか」

新左衛門は妻を叱ったが、

「馬鹿なのはあなたです。あなたがこの子の供養をないがしろにするから、お福があんな目に——」

お多恵は夫を睨んだ。

「お幸に許してもらわなければ、せっかく目覚めても、お福はあのまま飲まず食わずを通して死んでしまうのですよ」

「お願いです。どうすればいいか教えてください」

新左衛門は姫の前に頭《こうべ》を垂れた。

「決して口外せぬと誓います。お幸さんにあった悲運を、包み隠さずわたくしにこの場でお話しください。お幸さんの霊を癒すにはそれしかないのです」

「あなた――」

お多恵が促して新左衛門はやっと重い口を開いた。

「お幸はわたしどもの初めての娘でした。元気で、可愛い子でした。でも、きっと、甘やかしが過ぎたのでしょうね。何でも買い与え、食べたいと言うものは食べさせ、やりたい放題にさせて、すっかり、我《わ》が儘《まま》に育ってしまいました。貧しい親に金を払って、お幸の我が儘につきあってもらえる、辛抱のいい遊び相手の子を、雇ってさえいたほどです。そんなある時、お幸の部屋から物の燃える匂いが漂いはじめたのです。幸い昼間で、廊下を通りかかった者が気づいて消し止めたのですが、すでにお幸は火だるまになって死んでいました」

「お幸さんの部屋というのは、今、納戸になっているところですね」

「そうです。とても部屋として使う気がしませんでしたから」

お多恵はうつむいて答えた。

新左衛門は話を続けた。

「畳の上には仏壇から持ち出した灯明の燃えかすと、焦げ目の付いた皿から砂糖がこぼれていました。お幸は飴が好きで、もとめたものを舐めるだけではなく、飴細工のように作ってみたいと、常日頃から言っていたそうですが、子どもの言うことなので、またいつもの途方もない我が儘だろうと、誰も本当にやってみる気だとは思わなかったのです。子どもが火を使うのは危ないことです。気がついていたら、こんな無謀なことを見逃すようなことはなかったでしょうに」

「お幸さんの骸《むくろ》はどうされました？」

「火事はどんな些細《ささい》なものでも、お上に知られれば大罪です。店を失い、わたしたちは路頭に迷うことになりかねません。それでお幸は、神隠しに遭ったということにして、お幸の骸は、わたしの実家の墓に葬りました。藤尾の両親が守ってくれている墓所です」

――それで河内屋さんと親しかった清太郎さんのところでは、いなくなったお幸さんの話が出ることがあったのね――

「お幸は河内屋の墓に入れなかったことで、わたしたちやお福を恨んでいるのかもしれません。店のためにしたことですが、お多恵の言うとおり、これでは供養にはならなかったのかも――」

新左衛門はしょんぼりと肩を落としはしたが、自分を励ますようにして先を続けた。

「死んだのはお幸一人ではありませんでした。お幸の髪や着物に付いた火を払って、お幸を助けようとした、遊び相手の男の子も一緒でした。二人は抱き合うように死んでいました。わたしは事情を話して、親に口止めをし、二人を一緒の墓に葬ったのです。これはこのお多恵が言いだしたことなのです」

お多恵は大きく頷《うなず》いて、

「男の子は逃げようと思えば逃げられたはずです。お幸を助けようとして焼け死んだのは、幼いながら、それなりの想いがあってのことではないかと言い張ったものですから。河内屋の墓に葬れないのなら、二人を引き離さないのが、せめてもの供養だと――」

「左吉《さきち》」

お多恵の口からお幸の声が出た。

「左吉」

お幸は繰り返した。

「そうですよ、あの子は左吉という名でしたね」

お多恵は自分の声でお幸に応えた。

「左吉はいつもおまえのそばにいましたよ。我が儘なおまえが癇癪《かんしゃく》を起こして、どんなひどいことを言っても、その目は悲しげに曇るだけで、決して怒ったりはしなかった。左吉はね、お幸、おまえが好きで好きでならなかったんですよ」

お多恵の声は泣いていた。

ゆめ姫は、

「だから、あの世でもあなたは一人ではありません。この世のお福さんの幸福を羨《うらや》んだりすることはないのです。それにご両親もあなたの供養を、ないがしろにしたわけではありません。一番の供養はお福さんの名です。あなたがお幸さん、そしてお福さん。二人の名を合わせて幸福。ご両親はあなたを忘れず、お幸さんがあの世で、お福さんがこの世で、それぞれ幸せになってほしいという想いをこめて、お福さんの名を付けられたのだと思います」

お多恵の背中にしがみついているお幸に向かって言った。

「あたし――」

お幸に代わってお多恵が啜《すす》り泣いた。

「お福に酷いことを――」

「それはもういいのです。その代わり、あなたも幸せになってください」

姫がそう諭すと、不思議なことに、畳の縁から、まばゆい光が部屋全体に湧き上がってきた。光の中に小さな男の子がにっこりと笑って立っている。

「お嬢様」

「左吉」

そう叫んだお幸の姿は、納戸に現れた市松人形を想わせる切り髪の童女であった。

「左吉」

「お嬢様」

二人は見つめ合って微笑みを交わした後、手と手を取り合うと、障子をすり抜けて消えた。後にはお福のための白無垢がきちんと畳まれて置かれていた――。

その後、お福はみるみる恢復して、祝言は予定通りに行われることになった。

西の丸へ戻ったゆめ姫に、

「叔父からの文が届いて、お世話になったお礼に、是非、婚礼にゆめ尼様もお呼びしたいと申しております。どういたしますか？」

藤尾が報せにきた。

「おめでたいことに連なるのは楽しいけれど、わらわのお役目は別にあります。おめでたいお席にわらわは必要なかろうと思いますよ」

浮かない顔で断った姫の胸にあったのは、なぜか、慶斉から文が届かないことではなく、命掛けでいなくなった主家の飼い猫を探していた増吉と、病が悪化の一途《いっと》を辿《たど》っているという縞屋の娘千草のことであった。

——今度のことで、霊とはよくよく難儀なものだとわかったわ。とても一筋縄ではいかない。嘘を言ったり、化けたりする。たとえ、そうでなくとも、心が歪みきって、どうしようもなく悪くなってしまった霊はたくさんいる。もしかして飼い猫の喜八が死んで、猫霊がとんでもない怨念を募らせているのかもしれない。これは何とかしてあげなければ——

ゆめ姫は迷うことなく、八丁堀の信二郎の役宅へと足を向けた。

第四話　ゆめ姫は慶斉の秘密を知る

一

やっとゆめ姫は池本家に戻り、日々、次第に深まる秋を楽しんでいた。文を返してこない慶斉の顔がちらりと見えた。

夢の中で何やら掌《てのひら》からころころと滑り落ちる感触があった。文を返してこない慶斉の顔がちらりと見えた。

うたた寝から覚めると、

「庭の銀杏《ぎんなん》を拾ってきていただけませんか？」

「わかりました」

——先ほどの感触は銀杏だったのね——

姫はほっとした。たまには、他愛のない夢であってもいいような気がする。しかし、そう思ったとたん、また、ぱっと慶斉の顔が現れて、すぐに消えた。白昼夢である。その顔は無表情で摑《つか》みどころがない。

亀乃は何やら思い詰めた様子でいる。

「叔母上《おばうえ》様、どうか、されましたか？」

ゆめ姫は案じた。

「実は先ほど、お城から使いの方がおいでになって、わたくしどもにと、上様から大変なお品を賜ってしまったのです」

「どのようなお品でございますか」

「秋鯖《あきさば》です。最も質がいいと言われている、越前《えちぜん》のものです」

「まあ」

思わず笑顔になったのは、鯖はゆめ姫の好物だったからである。

——父上の大好物。そうそう、鮨《すし》にして食べるのだったわね。蓮《はす》の葉で包み蒸した餅米《もちごめ》に、酢でしめた鯖が載っている。浦路の話では、この食べ方は京の御所風だということだった——

「美味《おい》しい夕餉《ゆうげ》が——」

言いかけて姫は、はっと息を呑《の》んだ。亀乃の目から、ぽろぽろと涙がこぼれ落ちていたからである。

「叔母上様、いったい、どうしたのでございます」

「あなたに、こんな話——」

亀乃は言い澱《よど》んだ。

「どうか、お話しください」

「上様からいただいたからには、これ以上はない料理に仕上げなければなりません。何しろ秋鯖ですからね」

「上様からのお言葉はなかったのでしょうか」

――父上は叔母上様の料理上手を知って、とびきり美味しい鯖料理を作るようにとせがんでいらっしゃるのかも――。だとしたら、叔母上様をこんなに悩ませて困った父上――

「それは何も。でも、わたくしは、もう勿体《もったい》ないやら恐れ多いやらで――」

亀乃の涙はひたすら感涙であった。

しかし、父将軍をよく知るゆめ姫は、

――池本家にいるわらわにお裾《すそ》分《わ》けを思いついただけかも――。ただ、それだけのことで、父上は、こんな人騒がせな大袈裟《おおげさ》なことを――

呆《あき》れずにはいられなかったが、

「きっと、上様は形式にとらわれず、おおらかなお気持ちで、美味しい秋鯖を味わってほしいと、下賜なさったのですわ。あまり深く考えず、お悩みにならずに、有り難くいただいてはいかがでしょう」

「それが――」

父将軍をとりなし、亀乃を安心させようとした。

亀乃はうなだれた。

「わたくし、鯖がどうも――」

「お好きでないのですね」

「鯖は子どもの頃から苦手なのです。ですから、せっかくの上様からの賜物、どう料理したものか、皆目、よい料理法が思いつかないのです」

「それで困っておいでだったのですね」

「どなたかに教えていただこうと、友人に文を、とも思ったのですが、鯖はただでさえ日持ちがしない魚です。文の返りを待っていてはだめになってしまいます。夕餉の膳《ぜん》に載せないと――。もはや、訊《たず》ねている暇がないことに気がつきました」

亀乃はしょんぼりと肩を落とした。

「大丈夫です」

ゆめ姫は胸を張った。

「どうか、わたくしにお任せください」

「まあ、ゆめ殿、あなた、上様の鯖を料理してくださるとおっしゃるのね」

亀乃は驚いて姫を見つめた。

「でも、ゆめ殿、あなたは――」

亀乃は少なからず不安な顔になった。

「あまり、料理をなさったことがないご様子で」

「それはそうなのですが、鯖だけは別です。鯖は父上が大好きでしたので」

「わかりました。お好きなものはお得意というわけですね。それではわたくしは一切手出しせず、部屋で縫い物をさせていただきます」

「わたくしにお任せください」

ゆめ姫は亀乃を安心させたくて、にこにこと笑った。

しかし、内心、

——鯖は食べたことがあっても、料理をしたことなどなかったのだわ——

不安ではあった。

——早くしないと——

早速、厨《くりや》へと走って、竹籠《たけかご》に入った鯖を俎板《まないた》にのせると、突然、見えている世界が暗い闇《やみ》に閉ざされた。

闇の中に、ぽつりと針で刺したような点が光った。

〝ちょっと、待って〟

光る点がまたたいて、声が聞こえた。女の細い声である。

「どなたか、わたくしをお呼びになりましたか」

姫は問い掛けたが応《こた》えはなかった。

——叔母上様が鯖嫌いなのは生臭い匂《にお》いがお嫌なのだろう。酢でしめる代わりに、焼いてさしあげたら、召し上がれるのではないだろうか？　是非、叔母上様にも召し上がっていただきたい——

〝焼く時に焦がしやすいので、気をつけて〟

また、声がした。

〝鯖や、鰯《いわし》、秋刀魚《さんま》などは、どれも、脂が多いのでちょっと目を離した隙《すき》に、焦げてしまうのよ。気をつけないと〟

「わかりました」

ゆめ姫は素直に答えた。

〝慶斉様――〟

姫はか細い声に耳をそばだてた。

――たしかに今、慶斉様と言ったわ――

〝あなたはもしや、一橋家の慶斉様と御縁がおありなのでは？〟

矢も楯《たて》もたまらずに姫は訊《き》いた。

相手は応えない。

「ゆめ殿、ゆめ殿、いらっしゃるのはここですか？」

廊下から信二郎の声が聞こえた。

「何かご用ですか？」

姫は厨から顔を出した。

「ええ、お願いしたいことがあるのです。ところで、それは？」

信二郎は俎板の上の鯖を見て、

「ふーん、上様からの御下賜品ですか？」

特別有り難がらず、

「秋鯖ねえ――」

「叔母上様は鯖がとてもお嫌いなので、わたくしが代わって料理をいたすのです」

「夕餉は鯖か――」

信二郎は複雑な表情になった。

「もしや、信二郎様も鯖嫌いでは？」

「ええ」

「それでは、このわたくしが、どんなに鯖がお嫌いな方でも、好きになってしまう、とっておきの鯖料理を作ってさしあげましょう」

これには信二郎も目を丸くして、

「え‼　ゆめ殿が？　賄《まかな》いの者に任せた方が――。本当にあなたがなさるのですか」

驚きを隠せなかった。

「ええ。まずは鯖を焼いて――」

姫は涼しい顔で応えた。

「それでは、それがしは鯖を焼く、お手伝いをします。夕餉の支度の前に、あなたにお願い事があるので」

「わたくしへのお願いとは？」

「裏庭で待っています」

ゆめ姫は信二郎の後を追った。

——あら、嫌だ。わらわだけではなく、叔母上様まで銀杏のことを忘れている——

裏庭へと向かう途中にある銀杏《いちょう》の葉は鮮やかな黄色に染まっている。地べたには銀杏がぱらぱらと落ちていた。

——慶斉様——

ゆめ姫は心の中で呟《つぶや》いた。

なぜか、銀杏が落ちているその様子に慶斉を感じたのである。好物だったからに違いない。慶斉は何とも子どもらしくない好みで、幼少の頃から、茹《ゆ》でた銀杏を松葉に刺して焼き、ぱらぱらと塩を振るか、醤油《しょうゆ》をつけて食べるのが好きだった。

——今でも御酒ではなく、煎茶《せんちゃ》に合わせて召し上がるのだから、呆れてしまうわ——

姫はしばし幼い頃、一緒に銀杏拾いをしたことをなつかしく思いだしていた。

〝慶斉様〟

先ほど聞こえた細い声だった。

すーっと靄《もや》が姫の周りを這《は》った。見えているのは姫とほぼ同じぐらいの年齢の娘の霊だった。

ふっくらとした丸顔で、決して美人ではないが、愛くるしい顔立ちをしていた。ぴちぴちした小柄な身体《からだ》を、姫の憧《あこが》れである粋な縦縞《たてじま》の袷《あわせ》が包んでいた。

——魅力的な娘さんだわ——

姫は目を閉じてみた。

すると、銀杏の木が見えて、空に向かって伸びている幹の中ほどに、人の顔らしきものが浮かび上がってきた。慶斉に似ている。丸顔の娘と幹の慶斉は共に上気した顔で微笑《ほほえ》み合っていた。

二

――慶斉様にも不思議なお力が戻ってこられたのだわ。あんな楽しそうな慶斉様のお顔、しばらく拝見していない、でも、どうして？――

ゆめ姫は衝撃を受けた。

「ゆめ殿、ゆめ殿――」

裏庭から信二郎の呼ぶ声が聞こえてきた。

「はい、ただ今」

応えつつ、

――慶斉様にも死者の姿が見え、話をすることもできるのだわ――

心を波立たせたまま、姫は信二郎の待つ裏庭へと向かった。

「遅かったですね」

信二郎の言葉に、

「夕餉の鯖のことで思い悩んでいたのです。上様から賜った鯖を、あのまま焼いたのでは、骨が残ってしまいます。わたくしの知っている鯖料理は焼いた鯖に骨がないので、どうしたものかと――」

姫は神妙な顔で取り繕った。すると、信二郎は笑い出した。

「何だ、そんなことをくよくよ悩んでいたのですか。あなたらしいな。大丈夫ですよ。鯖の骨抜きは、それがしが手伝いますから。養母上《ははうえ》は魚を料理するのが得意で、よく手伝わされたそれがしは、見様見真似《みようみまね》で骨抜きまで上手《うま》くなりました」

「よかった、これで一安心。それではそろそろお話をうかがわせてください」

姫は信二郎を促した。

「昨日、通りを歩いていて、野良猫の母子《おやこ》が心ない子どもたちに捕らえられ、棒で突かれているのを助けたところ、増吉に声を掛けられました。主《あるじ》の娘の飼い猫である喜八を探し続けて、空腹の余り、倒れかけていた木綿《もめん》問屋縞屋のあの増吉です。増吉はまだ諦《あきら》めずにいました。悪いところを見られてしまいましたよ。増吉は助けるほど生きものに思いやりがあるそれがしなら、喜八の居所に勘が働くはずだなどという、おかしな理屈で押してきて、とうとう病で臥《ふ》していて、容態が重くなるばかりだという、飼い主の千草に会う約束をさせられてしまいました。頼まれ事を引き受けていたらきりがないので、あなたが居合わせたあの時、上手く逃げ果《おお》せたつもりでしたが――」

信二郎は軽く首を傾《かし》げた。

――あの時はちょっと情味のないおっしゃりようだと思ったけれど――

ゆめ姫は柔らかく微笑んだ。先ほど受けた衝撃が幾分薄らぐのを感じた。以前は躱《かわ》したものの、今度は断りきれなかった信二郎の優しさが好ましかったからである。

「その千草さんにはわたくしもお会いした方がよろしいのでしょう？」

「増吉には何も言っていませんが、あなたの力を頼みたいのです。お願いします」

信二郎は頭《こうべ》を垂れた。

「わかりました」

――今度はちゃんと喜八が見えて、居場所がわかるといいのだけれど――

以前は白昼夢を見ることができなかっただけに、姫には一抹の不安があった。

「それにしても、猫好きをよりによってあやつに知られてしまったのは、返す返すも不覚でした」

信二郎は片手の拳《こぶし》で自分の額を叩《たた》きながら、照れた笑いを浮かべた。

「まあ、信二郎様、猫好きでしたの？」

「それがしは妹が生まれてから養母上にあまりかまってもらえなかったせいでしょう。生きものはどんなものでも、友達であるかのように気になる性質《たち》で、特に野良猫の母子を見かけると、飯を残しておくなどして、世話を焼かずにはいられませんでした」

その口調は淡々としたものだったが、実はこの養母というのは、止《や》むに止まれぬ事情とはいえ、池本家から幼い信二郎を拐《かどわ》かした張本人であった。

「ゆめ殿が引き受けてくれてよかった。これで増吉も、探し疲れて野垂れ死することもないでしょう。さあ、お返しをしないと──」

信二郎はうーんと大きく伸びをして厨へとつながっている勝手口まで姫を促した。

銀杏の木の前を通り過ぎかけて、

「お待ちください、叔母上様に銀杏を集めてくるようにと頼まれているのです」

姫は屈《かが》み込み、

「ならば銀杏拾いも手伝いましょう」

信二郎も腰を落とした。

一瞬、姫の眼前の風景を光が遮って、先ほど銀杏の木の幹の一部になっていた慶斉と、微笑みを交わしていた娘の姿が見えた。しくしくと泣いている。

〝どうされました？〟

姫は訊かずにはいられなかった。

──おかしな娘さん、あれほど慶斉様と親しげで楽しそうだったのに──

〝あたしはきみ。今日の朝、大川辺で上がった、土左衛門です。日本橋の菓子屋松葉屋《まつばや》の奉公人でした。松葉屋は柿銀杏《かきぎんなん》が評判なのです〟

干し柿のヘタと種を取った後、包丁のミネで叩《たた》いて潰《つぶ》す。そこへ餅米粉と葛粉《くずこ》、銀杏と石づきを取って刻んだ木耳《きくらげ》を入れて混ぜる。それを一口大に丸めて油で揚げると、茶請けだけではなく、酒の肴《さかな》にもなる柿銀杏が出来上がる。

まさに秋の味の真骨頂であった。

〝お役人は色恋沙汰《ざた》の挙句で、あたしは手代の吉三《よしぞう》さんに殺されたと見なしていますが、違うんです〟

おきみが告げると、突然、ゆめ姫の前に大川が見えて、新大橋に立っているおきみと伊達《だ》男《て》の吉三が見えた。吉三は青ざめた顔でおきみの前に跪《ひざまず》いている。

懐から小判を取りだして、一枚、二枚と掌に積み上げつつ、何度もおきみに頭を下げているが、おきみはぼんやりと立ったままで魂が抜けたような表情をしている。声は聞こえているのだろうが、吉三の方を見ようともしない。

ついに業を煮やした吉三が立ち上がった。両手に小判を摑んでいる。おきみを抱きかかえるようにして、何とか小判を胸元から滑り込ませようとした。しばらくおきみは抗《あらが》ったが、力では吉三が勝った。

とうとう、おきみが諦めると、胸元の合わせが小判の厚みで膨れて広がった。吉三は、踵《きびす》を返して、橋の上から走って立ち去って行く。その後ろ姿をおきみは、やはりぼんやりと見つめていた。その目は吉三を見ているかのようで、実は何も見てはいない。

放心状態のおきみは、よろける足取りで橋の欄干に近づくと、下駄を脱ぎ揃え、身を乗り出し、ざぶんと音をたてて身を投げた。おきみの胸元から小判が落ちて、川の中に沈んだ。

〝どうして身投げなんて？〟

姫は息を吞んだ。

〝吉三さんはすらりと背が高く、自他ともに認める男前で、歩いていると女たちが必ず振り返り、松葉屋には、吉三さん見たさに女の客が押しかけるほどでした。あたしとも情を通じていたけど、お嬢さんのお志麻《しま》さんがべた惚《ぼ》れで、近く、松葉屋のお婿さんに納まることになっていたんです〟

おきみは他人事《ひとごと》のような物言いをした。

〝吉三さんにとって、おきみさん、あなたは邪魔者だったのでしょうか？〟

おきみは応える代わりにまた白昼夢を見せてくれた。

ぼーっと見えていた景色が曖昧《あいまい》に霞《かす》んで、縞木綿を着たおきみが隣に座った。おきみは付けていた前垂れを広げて、せっせと手を動かし懸命に銀杏を拾い続けている。

〝お精が出ますね〟

ゆめ姫は話しかけた。

〝毎年、秋になると、こうして銀杏を拾うのが、あたしの仕事でした。おきみちゃんのおかげで、江戸一の柿銀杏ができるって、褒《ほ》めてくれる男《ひと》もいました〟

おきみはにっこりした。

――きっと元は笑顔が似合う娘さんだったのだわ――

ゆめ姫は痛ましい気持ちでいっぱいになった。

〝褒めてくださったのはどなたでしょう？〟

姫がさりげなく訊くと、

〝そんな男いません。あたしには、もう、誰もいやしないんです〟

おきみは急に泣き出した。

〝あたしは一人、本当に一人ぼっちなんです〟

そう言うと、おきみの姿は消えて、元の夕暮れ時の風景に戻った。

勝手口から厨に入った姫が、

――あら、いけない、ご飯を炊くのが先か、鯖を焼くのが先？――

途方に暮れかかっていると、

〝あたしの思い違いでなければ、あなたが拵《こしら》えようとしているのは、しめ鯖を使う京風のものではなく、越前風のものなのではないかと思います。どっちにしろ、まずはご飯をやや固めに炊いて――〟

「ありがとう」

おきみの声が教えてくれた。ゆめ姫もさすがに飯炊きだけは多少手慣れてきている。

「さあ、ご覧ください」

後から、厨に入ってきて、たすき掛けをした信二郎が、鮮やかな包丁捌きで鯖を三枚に下ろし、毛抜きを使って鯖の骨を抜き取ると、七輪《しちりん》で焼き始めた。

ご飯が炊けると、

〝飯台に移して、酢飯にするのです。入れる酢の量は、そうそうそのぐらい――〟

おきみに言われた通りに姫がすると、味見をした信二郎は、

「ゆめ殿が酢飯を作れるとは知りませんでした」

いたく感心した。

〝押し鮨にするのが越前風ですが、混ぜ鮨にしましょう。酢飯に混ぜるだけで簡単ですから〟

ゆめ姫は焼き上げて一口大に切った鯖が潰れないように、気をつけながら混ぜていった。

「お味見を」

皿に取って勧めると、

「焼き鯖の混ぜ鮨か——。何ともさわやかで香ばしい匂いですね、美味《うま》そうだ。鯖嫌いを今日限りで返上します」

信二郎は箸《はし》を使いつつ、うんうんと何度も頷《うなず》いた。

そこへ亀乃が入ってきて、

「まあ、よい匂いですこと。これには銀杏入りの茶碗蒸《ちゃわんむ》しを合わせましょう」

竈《かまど》に蒸籠《せいろう》をかけ、夕餉の膳を調え始めた。

「脂の乗りきった鯖と銀杏、どちらも秋ならではの味ですよ」

亀乃は鮨桶《すしおけ》の中身をちらりと見た。

「食べられそうな気もしてきました。ゆめ殿が作ってくださったと思うと、うれしくて——」

「間違いなく美味いです」

信二郎が言い添えた。

すでに方忠も下城していた。

総一郎も加わって一家は夕餉を共にした。

「鯖はこうして焼いて酢飯と混ぜると、臭みがなくなるのですね」

亀乃が一口食べて感心し、

「何しろ、上様から賜った鯖なのだから、有り難くいただかねばなるまい」

方忠を筆頭に男三人は何膳も平らげた。

「美味しい料理はよいものですね、家族の座が和みます。この家に信二郎がいなかったこ
となど、一時もなかったような気さえする――」

総一郎の言葉に、

「家族の絆《きずな》を強く感じます」

信二郎が応えると、亀乃だけではなく方忠までも目を瞬《しばた》いた。

「ゆめ殿のおかげです」

「そうだな」

亀乃と方忠は頷き合い、

――わらわでも役に立つことがあるのだわ――

ゆめ姫はうれしかった。

三

この夜、姫は、布団の上に横たわると、

「おきみさん、おきみさん」

呼びかけながら眠りについた。

〝どうして、あんなことをなさったの？〟

夢の中であの新大橋が現れた。きちんと揃えられている下駄《げた》が見えている。がたがたと欄干が揺れた。ゆめ姫は思わず、あっと叫んだ。

風に押し戻されたかのような勢いで、川に身を投げたはずのおきみが、橋の上に戻ってきた。きらきらと輝く小判も一緒だった。戻ってきたおきみの足に、下駄が吸い寄せられる。

おきみは、再び、前に見た時同様身を投げる。胸元から小判がぱらぱらと落ちる。そして、また、おきみが小判とともに、橋の上に戻ってくる。まるでおきみの身体には、何かしらの仕掛けがあるかのようだった。これが繰り返された。

〝おきみさん、これはいったい何なのかしら？〟

おきみに問おうとして、ゆめ姫は、はっと気がついた。

――前に読んだ本の中にあった、徳を積んだお坊様のお話を思いだしたわ。世をはかなんで身投げをする人を助ける、お婆さんのお話だったわ。大きな池の近くに住んでいるお婆さんは、どぼんと音がすると、長い棹《さお》を持ち出して、身投げした人を助けようとする。そうすると、ほとんどの人が無我夢中でその棹を摑んで助かろうとするのだとか——。そもそも、身投げは覚悟の自害などとは違って、その場の気持ちなのだとお坊様は書いておられた。だから、水に落ちていく時、すでに、誰しも後悔しているのだと——。それと同じなのだわ。おきみさん、あなたも後悔していたのね。こんなことぐらいで死ぬのは間違いだと悟っていたのね。だから、教えて。身投げの理由は、いったい何なの？　あなたの身に起きたことがわかれば、吉三さんの疑いを晴らすことができるかもしれないのだから——

姫は必死だった。

すると、橋と川を行き来するおきみの姿が消えて、一見、厨かと見間違ったが、菓子屋の仕事場が見えた。餡《あん》を煮る甘い匂いが籠《こ》もっている。

——ここは、松葉屋さんなのだわ——

何人かの菓子職人が、調理台に向かって、菊を模《かたど》った煉《ね》り切《き》りの仕上げをしている。職人たちは一心に息を詰めている。赤い襷《たすき》をかけたおきみの姿があった。魅せられたかのように、職人たちが拵える煉り切りに見入っている。

〝ようやっと、仕上がったな〟

兄貴分と思われる、中の一人が言った。小柄で色はやや浅黒い。四角い顔が並外れて大きく、細い目がどんな些細《ささい》な疵《きず》も見逃すまいと、じっと厳しく、目の前の煉り切りに注がれている。

〝松葉屋の菓子に不出来なものがあっちゃあ、なんねえからな〟

〝いかがです、善太郎《ぜんたろう》さん〟

隣にいた弟分の良七《りょうしち》がおずおずと訊いた。弟分は職人にしておくのが惜しいような、すらっとした細身の美形であった。その場の空気はまだ緊迫している。場合によっては、作り直しになることもあるからだ。

〝よし、いいだろう。まずまずの出来だ〟

そこで、やっと空気がほぐれた。

〝みんな一休みしてくれ。おきみちゃん、茶を淹《い》れてくれないか〟

善太郎は、初めておきみに目を遣《や》った。

目を合わせて、頰《ほお》を染めたおきみは、

〝はい、ただ今〟

すでに用意はしてあったのだろう。ほどなく、湯呑みの並んだ盆を運んできた。

〝じき、柿銀杏ですね〟

良七に話しかけられると、

〝松葉屋の柿銀杏は天下一だよ。この江戸には、松葉屋に敵《かな》う店はねえ。柿銀杏は柿以上に銀杏が命だ。毎年、江戸一の銀杏が手に入るのは、神社や寺を廻《まわ》って、傷や虫食いのない上物だけを拾い集めてきてくれる、このおきみちゃんのおかげだよ〟

善太郎は褒めて、ますます、おきみは頬を染めた。

――おきみちゃんのおかげ――。前にも、銀杏を拾っていて、おきみさんから聞いた言葉だったわ――

夢から覚めたのは宵のうちであった。まだ夜は長い。

――おきみさんは善太郎さんが好きだったのね、なのにどうして吉三さんと?――

姫は松葉屋まで出向くことにした。今なら夜なべ仕事の真っ最中で、店の者たちの話が聞ける。

――あ、でも、姿は見せられないから、夢を使わないと――

姫はまた眠りに落ちた。

松葉屋の仕事場は煌々《こうこう》と灯《あか》りに照らされている。皆が話しているのは、やはり、おきみと吉三のことであった。

〃帳場から十両盗まれた日、居合わせていたのは吉三ともう一人、菓子職人の善太郎さんだったよね。まさか、善太郎さんが下手人だなんてことはないから、吉三に違いないよ。おきみちゃんは無垢《むく》だから、吉三なんぞに一途になっちまったんだろうね。だから、十両じゃ、手切れ金として不足だってことでもめた挙句に、身投げに見せかけて殺されたんだって、お役人が話してるのを聞いたよ。もっとも、小判を抱いたまま身投げするのはおかしいって、お役人じゃなくても思うし、おきみちゃんの下駄が揃えて置いてあった、新大橋の近くで、吉三を見かけたって人もいるんだから。吉三も馬鹿だねえ〃

洗い物をしている女衆たちは、もっぱら手ではなく口を動かしていた。

――おきみさんは善太郎さんを好いていたはずなのだけれど――

〝それにしても、善太郎さんは気の毒なものさ。腕のいい善太郎さんが、松葉屋を今日のような立派な菓子屋にした、立役者だっていうのにね。だから、あたしゃ、婿になるのはこの善太郎さんだとばかり思っていたのに、よりによって手代の吉三に白羽の矢が立ったんだから。その吉三がおきみ殺しの下手人ってことになっちゃって、次は間違いなく善太郎さんに婿のお鉢が回ってくると、信じてたよ。それがあんた、おっとびっくり、あの良七に決まったというんだからさ〟

〝でもまあ、良七は善太郎さんの弟分で、腕は善太郎さんほどじゃないけど、仕事ぶりは真面目《まじめ》だよ〟

〝ここのお嬢様はとことん、器量好みなんだろうね。婿を顔で選ぶなんて情けないって、旦那《だんな》様が嘆いてたよ〟

――さぞかし、善太郎さんは口惜《くや》しい思いをしたことだろう、そうだ――

姫が目を閉じると、善太郎が納戸から石見銀山鼠取《いわみぎんざんねずみと》りを取り出している姿が見えた。

――この次は良七さんを亡き者にしようとしているのだわ、おそらく、善太郎さんがおきみさんを動かしていた。婿になりたい一心で、邪魔な吉三さんに罪を着せるために、おきみさんを使ったのね――

姫の目の中に善太郎とおきみの二人が居る。

善太郎は、

〝どれほど俺を想《おも》っているか、証《あかし》を見せてくれ。本当に想っているのなら、俺の言うことを何でもきけるはずだ〟

おきみに言った。おきみは青ざめた顔で頷く。

——善太郎さんは、おきみさんに吉三さんを誘わせて深い仲にさせ、金を脅し取らせたのだわ——

見えている光景が変わった。おきみの部屋である。文の下書きが見える。

その文には、善太郎を想いつつ、吉三に身を任せたおきみの切ない気持ちが綿々と綴《つづ》られていた。

善太郎さんは、なぜこんなことをさせて、あたしを試すのだろう、もしかしたら、あたしのことなぞ、想ってくれてなんぞいないかもしれない——。あの時の予感は当たった。吉三さんからお金を受け取る約束をした。善太郎さんに言われた通りにしたのに、善太郎さんは認めてくれないばかりか、〝ふしだらだ、許せない〟とけんもほろろだった。もう死にたい——。

また、おきみの文の下書きには〝おあみ様〟とあった。

翌朝、ゆめ姫は、早速、

「夢を見ました。証はおあみさんというおきみさんの女友達が持っているはずです」

信二郎に告げに行き、信二郎はすぐに山崎に命じて、おあみを探させた。

おあみは一年ほど前まで松葉屋にいた下働きで、おきみとは姉妹のように仲がよかったが、今は両国にある裏店《うらだな》の小間物屋に嫁いでいた。

「おきみちゃんからこんなものを貰《もら》って、気にはなっていたのですが、誰かれかまわず、若い女とみれば誘ってくる吉三に、あたしも誘われかけたことがありましたし、善太郎さんに限ってという気持ちの方が強くて、ついつい――」

乳飲み子のいるおあみは、忙しさにかまけて、おきみの様子を見に行ってやれなかったことを悔いていた。

その文を突きつけられると、善太郎は真っ青になりすべてを白状した。

「あの日、わたしは吉三よりも前に、新大橋でおきみに会いました。そして、褒め言葉を待っているおきみに、〝ふしだらな女だ、おまえとは終わりだ〟と再び別れの言葉を浴びせました。吉三をたらしこんで口止め料を要求すれば、おきみは用済みだからです。その後、おきみに分からないように、近くに忍んでましたた。吉三は金を都合できず、思いあまって、おきみを突き落とすだろうと思っていたからです。でも、当てが外れました。吉三ときたら、どこで工面してきたのか、金を持ってきて、おきみに頭を下げるばかりでした。おきみときたら、うんともすんとも言わないんで、仕舞いには、吉三が無理やり、おきみの胸元に小判をねじ込む始末で——。仕方ないんで、わたしは吉三がいなくなった後、おきみを突き落とすことにしました。そうすれば、吉三の仕業に見せられるからです。ところが、おきみは自分から下駄を脱ぎ、川へ飛び込んだんです。帳場から十両盗んだのは、わたしです。吉三を盗っ人に仕立てれば、吉三が心中をおきみに持ちかけるかもしれないと念の為を考えたのです。石見銀山鼠取りは良七を殺すために用意しました。間違いありません。やったことは悪いことですが、この自分が松葉屋の婿にならなければ、いったい何のために今まで腕を磨いてきたのか、生きている甲斐《かい》がないとまで思いました。やらずにはいられなかったのです」

直接、手を下さなかっただけで、善太郎がおきみを追い詰めて死なせ、己の目的のために、良七の毒殺まで目論んだ罪は重いと見なされた。しかし、松葉屋を支えてきた善太郎の日頃の行いは尊いとして、罪一等が減じられ島送りとなった。

晴れてお解き放ちになった吉三は、十両もの大金を何も訊かずに都合してくれた、端布《はぎれ》屋《や》の後家と夫婦になった。良七はさらに腕を磨きたいからと松葉屋の一人娘、志麻との縁組を断り、上方に旅立った。

一方、池本家の銀杏の木の幹の中ほどは時折、慶斉の顔になり、おきみと微笑み合っている。

——おきみさんはまだ成仏なさっていない——

ゆめ姫は複雑な心境でいた。

――心に大きな傷を負ったおきみさんが、前向きになるには、もう少し慶斉様の支えが要るのかもしれないけれど――

秋の風が吹くたびに、銀杏の木から銀杏が落ちる音が、絶えず姫には聞こえ続けている。

四

――おきみさん――

不意にゆめ姫は手にしていた針を止めた。知らずと目を閉じている。心の中で、池本家の銀杏の木へと歩いていくおきみに呼びかけていた。おきみの姿を見るのは、しばらくぶりであった。

ゆめ姫はここ何日間か、大奥総取締役浦路からの呼び出しで、千代田の城に帰り、もみじ狩りの宴《うたげ》につきあわされていたのである。

もみじ狩りでの姫の役目は、初霜紅葉と呼ばれている、大奥の女たちが総出で仕上げる菓子作りを見守ることであった。

この典雅な菓子はもみじの砂糖漬け揚げとも言い、ごく新鮮なもみじの葉を濃い砂糖水に浸《つ》けて、二晩ほど置いた後、笊《ざる》に上げ、水気を切ってから、油でさっと揚げる。白砂糖と水から作る、りん（粉砂糖）を絡ませて七日ほど置く。

もみじの赤が鮮やかに残りつつ、初霜がかかったように見えるこの菓子は、美しくも甘く風流心を満足させる。父将軍の大好物の一品であった。

もみじ狩りの宴は将軍を中心に、庭のもみじを愛《め》でつつ、この菓子を味わう茶会であった。

ゆめ姫はこのもみじ狩りの宴を終えると、西の丸から池本家に戻ってきた。

――これでまた当分、ここにいることができるわ――

ゆめ姫はほっとするだけではなく、気がかりなことがあった。

――おきみさん――

ゆめ姫はまた、そっと呼んだ。おきみはすでにこの世の者ではなかった。元は菓子屋の松葉屋に奉公していた可憐《かれん》な娘だったが、思いを寄せた菓子職人善太郎に利用された挙句、大川に身投げして果てたのである。そして、成仏できないままの魂が、毎年銀杏の木が大粒の銀杏をつける池本家を彷徨《さまよ》い、銀杏料理の好きな姫の許婚《いいなずけ》一橋慶斉に取り憑いていた。ゆめ姫は、おきみを成仏させ、わが身を滅ぼす死者との恋路から、大事な慶斉を解き放たねばならない。

――おきみさん――

ゆめ姫は声を張り上げてみた。やはり心の中でのことである。姫の特技は城を抜け出すだけに止《とど》まらず、夢や幻を通して死者たちやあの世を見たり、聞いたりすることであった。しかし、おきみはゆめ姫を眩《まぶ》しそうに見るだけで、決して話しかけてはこない。

――そして、いつもの通りになるのね――

ゆめ姫はため息をついた。

銀杏の木の中央部分が慶斉の顔に変わっている。そこへ足早に歩いてきたおきみが、にっこり笑って寄り添う。

しかし、このところは、おきみは途中で泣き出して、慶斉の顔の銀杏の木の幹に抱きつく。慶斉は両手ではなく、両目を瞬いて、よしよしと子どもでもあやすかのように、おきみを慰めている。

──といっても、こうして、見えるのはわらわだけなのだわ──

目を開いたゆめ姫は、膝《ひざ》の上の人形の小袖《こそで》に目を落とした。縫い物が苦手な姫も近頃、やっと人形の小袖を縫えるまでに上達したのである。

「人形のものとはいえ、人と同じ作りですからね。これを仕上げて、もう少し、縫い目を揃《そろ》えることができれば、人の物も縫えるようになります」

亀乃は微笑んで励ましてくれた。

「ねえ、ゆめ殿」

しばし、自分の思いに囚《とら》われていたゆめ姫は亀乃に話しかけられて、

「あ、痛っ」

心ここにあらずだったせいか、うっかり縫い針で自分の指を刺していた。

「ぼんやりしてしまって」

〝お疲れ？〟

この時、おきみが珍しく話しかけてきた。

——いいえ、そんなことは——

〝針に刺されたあなたの指の痛みが、あたしに伝わったのよ。あたし、慶斉様の痛みもわかるの〟

ここではじめて、ゆめ姫は疲れた様子をしているのは自分ではなく、幹の顔の慶斉だと気がついた。

——慶斉様が心配——

〝どう案じているの？〟

姫は自分よりもおきみの方が慶斉を知っている口ぶりに少々鼻白んだ。

——それほど案じているのなら、突然泣き出したりせず、慶斉様を案じさせなければよいのに——

〝慶斉様は、あなたも知っての通り、あんまり話さない方よね。それでも、居酒屋で知り合って、時にはその家にも立ち寄ることのある、田所《たどころ》という年下のお侍と仲良くなって。慶斉様は、このお侍が剣術の稽古《けいこ》に通ってる、小川《おがわ》道場で起きたことで、悩んでいる様子よ〟

それだけ告げると、おきみの声は聞こえなくなった。

——何が起きたとおっしゃったのかしら？——

姫が考えていると、

「実は信二郎にと思ってもとめてあった、男物の紬《つむぎ》があるのです。わたくしはそれで男物の小袖を仕立てますから、ゆめ殿はその端布で人形の小袖を仕立ててごらんなさい」

そばにいる亀乃の声が耳に入った。

この後、亀乃は濃い藍《あい》色の紬地を出してきて、鮮やかな手つきで裁断すると、

「さあ、思った通り、人形分の端布が出来ましたよ」

ゆめ姫に手渡した。

「今度は一人で切ってごらんなさい」

「わかりました」

姫は前に教えられた通りに、小袖になるように端布に鋏《はさみ》を入れて行った。

「さすが、ゆめ殿、飲み込みが早いこと」

亀乃はゆめ姫のそばの畳の上にある、人形用の小さな赤い小袖に目をやった。

「あちらは女子《おなご》の人形に着せるとよろしいですね」

「ええ」

「こちらは男《おのこ》の人形に着せましょう。これで雛のように対ができます」

「そうですね」

にっこり笑ってうなずいたものの、姫は複雑な思いでいた。赤い小袖の模様は以前、ゆめ姫がこの家に来てまだ日が浅い頃、亀乃が、

「これは実家《さと》の母が持たせてくれた小紋を仕立てたものなのですが、赤という色が気恥ずかしくて、あまり袖を通しませんでした。あなたのようにお若い方にはよく映ることでし

ょう」

贈ってくれた着物と同じものであった。

亀乃はこの端布で人形の小袖を仕立てるようにと言った時、

「これを人形に着せて飾れば、たとえあなたがいない時でも、心はこの屋敷にあると思えて、皆、寂しくありません」

と言い添えた。

そうなると、信二郎の小袖と同じ布で作った小袖を着た人形は、信二郎その人ということになる。

――これでは、わらわと信二郎様が、人形のように対ということになってしまうわ、わらわは許婚がいる身――

それで思わず、

「総一郎様の合い物はお仕立てにならないのですか」

ゆめ姫は訊いていた。

「もちろん仕立てますよ。分け隔てがあってはいけませんからね。総一郎には茶色の太い縦縞をもとめてあります」

「茶色の縦縞も人形の小袖によろしいかと――」

「そうでしょうか。縦縞は小さな人形にはいかがなものかと――。第一、横幅がある大柄な総一郎の小袖を仕立てた後に、人形用の端布など出ないはずです」

「わかりました」

針仕事が一段落すると、信二郎が訪れた。

「今日は日本橋の縞屋へお誘いにまいりました」

信二郎が亀乃に事情を話すと、

「わたくしは猫はどうも――吊《つ》り上がった目が怖くない？」

鯖同様、猫が苦手の亀乃は垂れ下がった丸い目のまま、顔をしかめたが、すぐに、

「飼い猫さえ見つけてさしあげれば、縞屋さんのお嬢さんがお元気になられるのでしたら、ゆめ殿、どうか、頑張ってください」

ゆめ姫を励ました。

二人は日本橋へと向かった。

途中、

「小川道場で起きたこととは、いったい何なのでしょう？」

訊かずにはいられなかった。

「おやおや、早耳の霊とお知り合いなのですね。道場主の小川玄太夫《げんだゆう》が死んだ、ただそれだけのことです」

信二郎が告げて、ゆめ姫は目を閉じてみた。

空を突いているかのような高い木の下で、髭《ひげ》だらけで蓬髪《ほうはつ》の大男が一人、襟元をくつろげつつ、酒を飲んでいる。柿の葉が添えられている、柿銀杏に箸をつけていた。見えたの

はそれだけであった。

一瞬、姫はおきみを思いだした。

死んだおきみは柿銀杏は市中一の味と誇る、菓子屋松葉屋の奉公人であった。

――まさか、また、おきみさん？――

疑いかけたゆめ姫は、

――あり得ないわ、慶斉様とは何の関《かか》わりもない事件だもの――

急いで打ち消した。

「何か見えましたか？」

信二郎に訊かれた。

「小川様というのは大きな方ですか」

「六尺豊かというのはあのような人を言うのだと思います」

「あまり身なりをかまわれない？」

「独り者でしたからね。腕は直心影流の極意を極めた達人でしたが、一風変わった人のようでした」

「亡くなられた理由は、果たし合いか何かですか」

姫の見た小川玄太夫はどう見ても、病に罹《かか》って死ぬようには思えなかった。

「いや。これも噂《うわさ》ですが、やはり、女癖の悪さゆえだと――」

「女癖？」

「若い女たちが道場の裏木戸から、出入りしているのを何人かの門人たちが見ているのです」

そこでゆめ姫は玄太夫が食べていた柿銀杏の話をした。

「松葉屋の有名な柿銀杏ではないかと思います。どなたかが手土産に持参されて、供されたのですね、柿の葉が添えられていて、とても素敵な盛りつけでしたから」

「聞いた話では、粗野で大酒飲みの玄太夫は自分では飯一つ炊かず、たいていは煮売り屋から、菜や肴を買ってすませていたそうですが。その女が世話をしていたのかもしれませんね」

「その方が玄太夫様を殺《あや》めたのだと？」

「今のところはそうとしか考えられません。十日ほど前、姿を見せない師を案じて、弟子の一人が奥に様子を見に行き、玄太夫が倒れて死んでいるのを見つけたとのことです。その前の日も、裏木戸から出入りしている若い女を門人たちは見たと言っています」

「亡くなっていた時の様子は？」

「毒に中《あた》った時のような苦悶《くもん》の表情で、かけつけた同心が医者を呼んで調べさせたところ、口に入れた銀の匙《さじ》が黒く変わったそうです。毒死したのですよ」

「でも、柿や銀杏で人が死んだという話は聞いたことがありません」

「毒は柿銀杏ではなかったのでしょう。けれど、何が禍《わざわい》したのかはまだわかっていません。それがしも山崎も頭を痛めています」

信二郎と山崎が通っているのは、時に、町人が護身用に稽古に訪れることもある、気楽で肩の凝らない、門下生たちが皆、和気あいあいとしている道場であった。大身《たいしん》の旗本の嫡男などが多い、小川道場のような名門ではなかった。

「このままでは、女を見たという門人たちがいるにもかかわらず、玄太夫は毒を呷っての覚悟の自害ということになりかねないと、山崎は残念がっています。そのうち、あなたのところへ訪れるものと思います」

この山崎はまだ独り者である。ずんぐりむっくりを絵に描《か》いたような山崎が、ゆめ姫に一目惚れしていることは、誰の目にも明らかであった。

五

ゆめ姫と信二郎は大伝馬町の縞屋の前に立った。老舗《しにせ》の木綿問屋である縞屋は間口も広く、奥行きもあって、屋根に掲げられた風雪を経た看板には重みが感じられる。

「お待ちしておりました」

増吉が出迎えた。喜八を探し回ってよれよれ、へとへとになっていた時とは異なり、ぴんと糊《のり》のきいた縞柄のお仕着せ姿で、小僧たちを追い回しているその様子は、仕事ができる実直な手代そのものであった。

「お世話になります」

「どうか、よろしくお願いいたします」

来訪を聞いて奥から出てきた主《あるじ》夫婦は揃って膝《ひざ》を折り、深々と頭を下げた。

二人は一人娘千草の部屋へと案内された。白無垢《しろむく》の花嫁衣装が掛かった衣桁《いこう》と姫鏡台が置かれている。

──何と祝言を前に寝込まれてしまったのね──

ゆめ姫は当人だけではなく、そんな娘を案じる両親《ふたおや》の心はいかばかりだろうと、痛ましくてならない気持ちになった。

夫婦布団も夜着も娘のものらしく、豪華でありながら楚々《そそ》としている白牡丹《しろぼたん》の絵柄があしらわれている。

また、あわてて起き上がった当人も、痩《や》せすぎて窶《やつ》れてさえいなければ、色白で目鼻立ちの整った美しい娘であった。

「とにかく喜八の行方がしれなくなってからというもの、すっかり食が細くなってしまって、身体が弱る一方なのでございます。無理に食べるとすぐに下したり、外で少し風に当たっても、風邪《かぜ》を引いて熱を出す始末で。医者はまだ労咳《ろうがい》（結核）には罹っていないというのですが、このままでは、いつかはこの死病に取り憑かれてもおかしくないと──」

主は沈痛な面持ちで娘の症状を説明し、

「以前は芝居や買い物が好きな溌剌《はつらつ》とした娘で、家に引き留めておくのが大変だったというのに──。もちろん、三味線や琴、墨絵等の習いごともお休みさせていただいております」

娘千草を思いやるお内儀の顔は青い。

「喜八という飼い猫がいなくなった時の様子を話してほしい」

信二郎が千草に訊いた。

千草が布団の上に起き上がると、母親はあわてて袷の羽織を娘の薄くなってしまった両肩に着せかけた。

「たしか、増吉と話をして、歌留多《カルタ》をしたり、だまし絵を見たりしていました」

千草は力の無い目でそばにいる増吉を見た。

だまし絵とは人や生きものを寄せて、字や人の顔を描いた、捻《ひね》りのきいた浮世絵である。

「実はこの忠義者で商いにも長《た》けた増吉を見込んで、娘の婿にすることに決めていたんです」

言い添える主にお内儀は、

「あなた、今はとてもそんなこと――」

深々とため息をつき、増吉は項垂《うなだ》れて、

「あの時、喜八を部屋へ入れてやってさえいれば――」

握った拳《こぶし》を自分の額に当てた、

「増吉だけのせいじゃないわ。あたしも廊下に喜八が居て、中に入りたがっているとわかっていて、障子を開けなかったんですもの。きっと、それが喜八には耐えられなかったのよ。酷い仕打ちだと感じたんだわ。それでこの家を出て行ってしまった――」

「ところで喜八の年齢《とし》は？」

信二郎はさらに訊いた。

「喜八は十一歳で、若い時は始終、雌猫《めすねこ》を追いかけて、しばらくどこかに行ってしまっても必ず戻って来ていたのだけれど、このところは家に落ち着いていました。どこで何をしているのか――、老いた身でちゃんと餌《えさ》を獲《と》れているのかしら？」

千草の目が潤んでみるみる涙の泉が湧《わ》き出てきた。

「喜八は仔猫の時、捨てられていたのを、習い事の帰りのお嬢さんに拾われたんです。あの時は小僧の身で、お嬢さんの習い事の時は決まって付き添っていたてまえも一緒でした」

増吉の言葉に、

「可愛《かわい》かったわよね、あの子。ふわふわした赤茶の毛と金茶の目がとっても綺麗《きれい》で、捨てられてた仔猫なのにどことなく気品があって。あたしは目が合ったとたん、もう夢中。増吉もそうだったでしょ？」

千草は相づちを求めた。

「そうでしたね、あれからずっと、喜八からは沢山楽しい時を貰ってました――」

増吉は大きく頷いた。

「そんな喜八をあの時、あたしたちはいたたまれなくしたんだわ、そうでしょ？」

そこで千草は咳をしはじめ、母親は背中をさすり続けたが、やがて咳はぜいぜいという苦しそうな息づかいに変わった。

「医者は労咳だけではなく、咳で息ができなくなる病にも罹りかねないと言っています。これも命取りになると」

主はたまらない表情を娘に向けた。

「早く、喜八を探さなければ――」

増吉はゆめ姫と信二郎を交互に乞《こ》うように見つめた。

信二郎はちらと姫を見て、

――あなたの力で喜八の手掛かりを――

――やってみましょう――

目を閉じたゆめ姫は千草の細い手首に触れた。

――ああ、どうして――

目の中の世界は光の無だった。白い光だけが満ちている。その他には何も見えない。

――まさか――

信二郎の表情がほんの一瞬、不安そうに翳《かげ》った。

――ええ、そのまさかなのよ、ごめんなさい――

姫は項垂れる代わりに、

「喜八はきっと見つかりますよ」

千草に向けて微笑んだ。

──こんな様子の千草さんを前にして、喜八を見つけるのは絶望的だなんて、とても言えやしないわ──

──ゆめ殿、何とかここは──

信二郎の額に冷や汗が滲《にじ》み出た。

──何とかするから、大丈夫、案じないで──

ゆめ姫はまずは信二郎を安心させた。

──子どもの頃、父上が大奥においでの折、〝医者はわしの身体に触れるのが恐れ多いと言いおって、糸を手首に結びつけて脈とやらをはかるが、あんなものでわかるものか〟とおっしゃり、互いの手首に触れ、脈を数えて遊んだことが役に立ったわ──

「今、拝見したところ、娘さんのお脈は強く打っています、あまり心配しないように。いろいろなむずかしい病はあるでしょうが、それらを娘さんと結びつけたりしないように──」

女医者を装ってゆめ姫は両親に微笑みかけた。

──わらわの力のことは報《しら》せていないはずだし──

「あなた様は女医者であられたのですね、あなた──」

お内儀の顔色がいくらか良くなった。

「よかった。千草は女子なのだから、男の医者に診てもらうだけでは心許《こころもと》ない、女医者にも診てもらうべきだと妻から言われていて、わたしもそうかもしれないと思い始めていた矢先でした」

主もほっと安堵《あんど》の表情になった。

「娘御はひたすら養生に努めよ、こちらは喜八探しに全力を尽くすゆえ、心配ご無用」

信二郎が姫を促して立ち上がると、主夫婦と千草は深く頭を垂れ、

「よろしく、よろしくお願いいたします、頼みの綱はもうあなた様たちだけで――」

半泣きしつつ、増吉は畳の上で平伏した。

二人は逃げるように縞屋を後にした。

「わたし、どうしても――。どうして、何も見えないのかわからないのです」

ゆめ姫は項垂れたまま歩いていた。

「あなたが自分を責める必要など、どこにもありません。それがしが何とかします。何としてでも喜八を見つけ出します。当てがないわけでもありません。どうか、もう、このことは考えず、悩んだりしないでください」

信二郎はきっぱりと言い切り、姫は肩の荷が軽くなるのを感じた。

「この件はお願いしていいのですね」

「もちろんです」

六

この後、信二郎が姫を送り届ける形で池本家に立ち寄ると、

「まあ、よかった。先ほどから山崎様がお待ちです」

亀乃が告げた。

山崎は客間に座って待っていた。

「いやはや、ゆめ殿のものを感じ、こうではないかという、鋭いご指摘には、常々感じ入ることが多いのです。まさに凡人の見えぬものが見え、聞こえぬものが聞こえているのですね」

まずは姫の力を目一杯持ち上げてくれた。

縞屋でのことが心の痛手にはなってはいたが、

「わたくしでお役に立つことであれば、何なりとおっしゃってください」

ゆめ姫は相手を促した。

山崎は小川玄太夫の不審な死について話し始めた。

「門人たちが見ているという、若い女が鍵《かぎ》なのだ。その女さえ、探し出すことができれば――」

山崎は腕組みをしてうーんと唸《うな》り、いつしか、信二郎との間の身分差を越えた口調で先を続けた。

「俺は玄太夫に会ったことがある。われらの坂下《さかした》道場に、彼奴《きゃっ》が乗り込んできたことがあるからだ。偶然、俺はその場に居合わせた。剣の腕は大したものだったが、無礼な奴だった。後で知ったことだが、師匠は彼奴になにがしかを包んで渡したそうだ。小川玄太夫が御老中の縁戚《えんせき》であることをかさに着て、思いつくままに江戸市中の道場を訪ね歩き、何かしら因縁をつけ、あるいは弱味を握り、強請《ゆす》りまがいのことをしていることは、さらに後で知った」

「知らなかった。疚《やま》しさを何より嫌う、朴訥《ぼくとつ》な坂下久右衛門《きゆうえもん》先生までそんなことを――」

信二郎は驚きを隠せなかった。

山崎は渋い顔でうなずいた。

「われらは皆、坂下先生の飾らぬ人柄を慕っている。だから、おまえには聞かせたくない話だったのだが――」

「しかし、強請りに屈しなかった者とているだろう？」

「二、三は、耳にしたことがある。ただし、いずれの道場も門人が居着かなくなって、閑古鳥が鳴き、果ては閉めるしかなくなった。強欲な玄太夫は自分に従わなかったり、気に染まぬ相手とみると、とことん虐《いじ》め抜き、捻《ひね》り潰《つぶ》さずにはいられない性質だ」

「玄太夫の身分は浪人と聞いているぞ。浪人の不始末を取り締まるのは町方の仕事ではないか」

「ところが、玄太夫は自分で御老中の庶子だと言いふらしていた」

「真実《まこと》なのか？」

「真偽のほどはわからぬ。だが、小川道場はおまえの兄上のような、大身の旗本の嫡男たちが通う、名門だ。名門の道場主には腕だけではなれぬ。玄太夫のような人となりでなれるのだとしたら、やはり、玄太夫は御老中のお胤《たね》にちがいないということに、われらの間では囁《ささや》かれてきた」

「そんな奴が自分から死ぬものか」

信二郎は吐き出すように言った。

「その通りだ」

山崎は大きくうなずいた。

「そこでゆめ殿に一つ、お訊《たず》ねしたいことがあります。玄太夫には通ってくる女がいた。その女の目的は何だと思います？」

ゆめ姫はそっと目を閉じてみた。

見えているのは松葉屋の柿銀杏が入った包みを解く紫地に撫子《なでしこ》が描かれた着物の女の後ろ姿であった。被《かぶ》り物をしたすらりと姿のいい女であった。細いが節の目立つ指の持ち主だったが、手の甲は白く、よく見かける小女たちのようには、荒れてはいなかった。なぜか、また高い木が見えた。

「やはり、家事など、玄太夫様のためにお世話をなさっていたのではないでしょうか」

――もしかしたら、誠のない相手と知りつつのめり込んでいたのかも――

「なるほど。あれほど強欲ならば、玄太夫は相当、溜《た》め込んでいたはずだ。金が目当てなら、女も近づいてきて、飯の世話などしてみせるかもしれぬ」

山崎は大きく頷いたが、

──そのような魂胆がある女子にはとても見えなかったわ──

ゆめ姫は心の中で首をかしげた。

「金は盗まれていなかったのか？」

信二郎は訊いた。

「それはすぐ調べさせた。玄太夫は床下に小判の入った大きな壺《つぼ》を隠していた。素焼きの壺には数が記してあった。増えるのを見て、楽しんでいたのだろう。そして、その壺に蓄えられていた小判は記してあった通りの枚数で、一枚たりとも減っていなかった」

「金目当てなら、在処を聞き出す前に殺したりはしないな」

「そうなのだ」

山崎はため息をついた。

「となると、金目当てではないということになる」

そこでゆめ姫はぱちぱちと瞬《まばた》きしてみた。

すると、玄太夫が死んで倒れているそばに、何やら、細長い枯れ草のようなものが見えた。

「ほかに何か、手がかりのようなものは？」

姫は訊かずにはいられなかった。

「そういえば、妙なものがあったな。枯れ草だ。形は剣に似ていた。なにゆえにそこにあるのか、いっこうにわからぬものではあったが──」

「何の枯れ草かおわかりになりましたか」

「うーん、俺は草にはくわしくない」

山崎は困った顔になって、

「小川道場の裏手には池があってな、その近くに生えている草と同じだった。初夏に川辺でよく見かける、ほら、白や紫の花が咲く——」

「それなら菖蒲《しょうぶ》だろう。剣のような葉の形の枯れ草となれば、まず間違いない」

信二郎は言い当てて、

「菖蒲となりますと——」

ゆめ姫と顔を見合わせた。

「まさに〝食わず女房〟ではないか」

「そうですね」

「何だ、その〝食わず女房〟とは？　菖蒲と何の関わりがあるのだ？」

「〝食わず女房〟というのは、強欲が過ぎて、女房に食べさせるのも惜しんでいた男が、食事を摂らない女を嫁にするのだが、実は山姥だった食わず女房に、捕らわれて食われようとする。その寸前に男は、菖蒲の葉の中に飛び込んで助かるのだ。鬼には菖蒲の長い葉が刀のように見えたので追ってこなかったそうだ。以来、菖蒲の葉は魔除けということになっている」

「ということは、下手人は〝食わず女房〟やはり、女だということになるが、すでにゆめ殿は女を見ている。それが何だというのだ？」

山崎はいささかむっとした顔になった。

「女が玄太夫を殺した理由《わけ》がはっきりしたではないか。これは恨みだ。〝食わず女房〟は食い物の恨みだが、玄太夫殺しでは金にまつわる恨みにも置き換えられる。鬼だった食わず女房は、最後に強欲な男を食おうとする。その代わりに女は恨みのある玄太夫を殺してしまったのだ」

信二郎はいかにも戯作者《げさくしゃ》らしい解釈で核心を突いた。

「すると、玄太夫が強請りに近いことをしていた相手を、しらみつぶしに調べていけば、その女を探し出せるやもしれぬのだな。何としても、その女、探し出さねばならぬ」

山崎は、勢い込んで立ち上がった。

山崎と信二郎が帰った後、客間の茶道具を片付けていたゆめ姫は、おきみが縁側に立っているのに気がついた。

「出てきてくださったのですね」

姫が話しかけると、

〝松葉屋の柿銀杏を食べた男が死んだなんて聞いたら、松葉屋で毎年、柿銀杏に使う銀杏集めをしてた、あたしも黙ってはいられないわ〟

「それだけでしょうか？」

〝大事なのは慶斉様のこと〟

「どうか、話してください」

〝慶斉様が居酒屋で知り合われた田所勝之進《かつのしん》様というお侍は小川道場の門人よ。慶斉様は玄太夫が殺された時、『よかった、皆のためになった』とおっしゃってました。常は『何があっても、人を殺めるのはよくない』とおっしゃってる慶斉様らしからぬお言葉ですよね？〟

「もしかして、あなたは下手人をご存じなのでは？――」

一瞬だが、目を閉じた覚えがないのに、皿に柿銀杏を盛りつける女の白い手の甲と、節のある細い指が見えた。顔までは見えない。咄嗟《とっさ》に姫はおきみの手を見た。

――よかった、下手人はおきみさんじゃない――

おきみの小さな手は指がやや太く肉厚であった。

〝霊だって取り憑いて相手を殺すことはできるけど、あたしではないわ。もしかして、お力のある慶斉様は田所様と関わって、下手人が誰だか、知ってるんじゃないかと――。本心では捕まらなければよいと思っていて、咎人《とがにん》は裁かれなければならないという、常日頃からの信条との間で、とっても苦しんでいるように見えて――〟

――そのように考えておられたなんて知らなかったわ。でも、あの方らしい――

「だとしたら、深いお悩みのはずです」

〝慶斉様は生真面目《きまじめ》なお方ですものね。あたしなら、あのような男を殺した下手人が、無事、逃げのびられるよう、神仏に手を合わせてやりたいわ――〟

「あなたがあのような男というのは、玄太夫が自分の道場に通ってくる人たちに、付け届けの強要をしていたからですね。慶斉様のお友達の田所勝之進様も付け届けをされていたのでしょうか?」

〝付け届けは本人がするばかりではないわ、金品ではないこともあるし〟

そう告げて、おきみの姿が消えたその一瞬、断末魔の玄太夫の姿が見えた。

まばゆい光の中にいる。ううと苦しそうに呻《うめ》きながら、両手で顔を覆っていた。光の中にいくつもの人の男女の目があった。特に女の目には、並々ならぬ恨みが込められている。やはりまた、最後に高い木が見えた。

――玄太夫という男《ひと》は、生きている間、ずっと、これほど多くの人たちの恨みを買い続けてきたのだわ――

七

晩秋が過ぎて行く。ゆめ姫は慶斉のことで思い悩む気持ちを振り払おうと、一心に精進して、得意ではない縫い物の腕を上げた。

「まあ、ゆめ殿」

亀乃は姫の膝《ひざ》の上に目を向けた。

「もう、お出来になったのね。何と早い」

亀乃が目を丸くして見ているのは、男の人形の小袖だった。

「よく縫い目も揃って、大したものですよ」

その時である。

さっと突然、風が吹いて、ゆめ姫の膝の上の小袖が舞った。ころころと畳の上を転がり、縁側から庭へ出るとさらに舞い上がって、宙を飛び始める。

――おきみさんだわ――

ゆめ姫には人差し指をくるくると回して、風を起こしているおきみの姿がぼんやりと見えた。

「まあ、大変」

あわてた姫は人形の小袖を追った。

「まあ、どうしたことか。先ほどまでは、風など吹いていなかったのに――」

背後で亀乃の声がした。

「ゆめ殿、草履《ぞうり》も履かずに行かれるのですか」

構わず、ゆめ姫は縁側から飛び降りて、ひたすら、縞柄の小袖を追い続けた。

人形の小袖は思った通り、銀杏の木の枝の上に載って止まった。

「おきみさん？」

声に出すと、おきみが目の前に立っていた。じっとこちらを見つめている。

「また、わたくしに話をしてくださるのですね」

おきみは頷いた。

〝今日はあたしの気持ちをあなたに聞いてほしいの〟

おきみの口調はさらに打ち解けたものになっている。

〝あなた、あたしが慶斉様と惚れ合ってるって思ってない？〟

姫は応える代わりに頷いた。

〝それ、違うのよね。慶斉様はあたしの話し相手になってくれただけ。あたしね、自分から川に落ちた後、死んだなんて思えなかったの。自分の死んでる身体を見ても、信じられなかった。だって、あたしはこうして、まだいろんな想いがあるのに、こんなこと、どうして？　ってそればかりだった。悲しいやら口惜しいやら、よくわからない気持ちでいたのよ。それで、行き合う人たちみんなに、『あたし、いったい、どうしたんでしょう？』って、聞いていたの。誰一人、答えちゃくれなかったわ。そしたら、ものすごく寂しくなって、寂しくて、寂しくて、死ぬってこんなに寂しいのかって、たまらなくなって、死にたくない、死にたくないって、念じていたら、どうしてだか、慶斉様に通じたの。その時、慶斉様は、『死にたくないなら、その理由を話したいだけ話して、しばらくこのままでいたらどうか』って言ってくれたのよ〟

「そうだったのね」

――全《すべ》ては慶斉様の優しさゆえだったのだわ――

〝それで、あたし、善太郎さんに騙されて、口惜しかったことを洗いざらい話したの。何遍も何遍も。そのたびに泣けてきて、そのたびに慶斉様は、ご自分の胸代わりだと言って、銀杏の木の幹になって泣かせてくれた。『思いきり泣くと、いつか気が晴れる』って言って〟

――あれもそういう事情だったのだわ――

〝そのうちに、あたし、自分の気持ちが変わってきたことに気づいて、だんだん口惜しくなってきた。それで、島送りになる善太郎さんを見に行ったのよ。口惜しかった時は、取り殺そうと思ったかもしれない。善太郎さん、あれは、もう生きる屍《しかばね》よ。『松葉屋の婿は俺だ』とか、『俺には松葉屋しかない』とか、ぼーっとした目でぶつぶつ繰り返してた。あたしに詫《わ》びる言葉や心はどこにも見当たらなかった。でも、不思議ともう口惜しくもなかったし、取り殺そうなんて露ほども思わなくなった。松葉屋の婿になりたいっていう、果たせぬ思いに取り憑かれた、可哀想《かわいそう》な男《ひと》だと思っただけ。こんな男を一途《いちず》に想って、騙されたなんて、つくづく、あたしも馬鹿だったんだと思ったの。でも、その後だった。悲しい気持ちがどっと押し寄せてきたのは――。自分がもうこの世にいないって悲しいことよ。この世の人には誰一人、もう、会うことができないんだもの――〟

「おきみさん、今のあなたは騙されたことが悲しいのではありませんね」

ゆめ姫はおきみの気持ちが痛いほどよくわかった。

〝そうなの〟

おきみはぽつりと答えた。

――やはり、おきみさんは――

「慶斉様――でしょ？」

姫の言葉におきみはうなだれた。

〝あたしは、もう、死んじゃってるんだから、慶斉様のそばにはいられない、いちゃいけない身なんだってわかってる。あたしがまとわりついていると、生きている慶斉様、元気がだんだんなくなってくるんだってことも、何となくわかってきてる。たぶん、死んでるあたしとつきあうと生きるための気が、どんどん減ってくるんじゃないかと思う。そうでなきゃ、慶斉様、あんなことに――〟

おきみの目から涙が伝って落ちた。

「あんなことって？」

〝昨日のことだったわ。慶斉様、お屋敷へ戻る途中、襲われたのよ〟

「まあ――」

ゆめ姫は急いで目を閉じた。

夜道を急いでいる慶斉の姿があった。闇の中にぎらりと光るものが見える。その光は長い刃になりその背に向かって襲いかかった。気配に気づいた慶斉はさっと振り返ると、すらりと太刀を抜いた。

目にも止まらぬ速さで、相手の手から薙刀《なぎなた》を叩き落とした。その際、ほんの僅《わず》か薙刀の刃が左腕に届いて血が流れたが、太刀を納めた慶斉は何事もなかったかのように、足早にその場を立ち去った。

「お怪我《けが》をなさったのですね」

〝あたし、もう、心配で心配で。田舎の生まれだから、いつも乾かした蓬《よもぎ》の葉を持ってたのがよかった。これね、傷の手当てにいいのよ。慶斉様をお屋敷の門の前で待ってて、『たいしたことはないから、大丈夫だ。知られれば、あらぬ噂《うわさ》が立つゆえ、家臣たちにも知られたくない』って言う慶斉様を無理やり、横手の忍冬《すいかずら》の茂みに連れてって、夢中で揉《も》んだ蓬の葉を当てたの。それから破れた小袖も繕って――。『どうして、襲われたの？』って訊いたら、慶斉様は、『これは仕様がないことだが、出来れば、もう襲わないでほしいものだ』って。これ、どういうことなのかしら？　この時、襲ったのは慶斉様の知り合いだって慶斉様の言葉から思ったんだけど、どう？〟

「おそらく、そうでしょうね」

――慶斉様を襲ったのはわらわも稽古したことのある薙刀。ということは、田所様ではない――

まばたきすると、叩き落とされた薙刀のそばに、紫の地に撫子の絵柄が見えた。女の着物である。

――やはり、慶斉様は玄太夫を殺めた下手人の女子《おなご》をご存じなのだわ――

〝大丈夫よね。もう、こんなこと、起こらないよね〟

おきみは必死に念を押してきた。

「それは――」

慶斉を襲ったのが玄太夫を殺めた下手人だとすれば、また襲われるのは目に見えていた。

〝慶斉様はあたしのせいで弱っていく。この先、何度も襲われたら殺されるかもしれない、そうよね？〟

ゆめ姫はそれには応えず、黙っていた。考えただけで、ぞっとすることだったが、その可能性もあったからである。

――襲われた時の慶斉様には、相手が女子だからか、それとも知り合いゆえなのか、事情はわからないけれど、本気で剣を交えるつもりはないように見えた。今後もまた、不意を突かれるとしたら、どうなるかわからない――

〝だから、あたし、必死に考えたの。あたしが慶斉様のためになるには、これから、いったいどうしたらいいのかって――〟

おきみは手の甲で涙を拭《ぬぐ》って、

〝あたしは慶斉様みたいな身分も学問もないでしょ。だから、よくよく考えないとわからない馬鹿なんだけど、でも、やっとわかったの。あたしは今、幸せなんだって。死んでいこともあったんだなって。だって、生きていたとして、あたしみたいな女が立派なお家柄の慶斉様と出会えたと思う？　善太郎さんみたいな男に性懲《しょうこ》りもなく、騙され続けてたんじゃないかって。一生かかったって、慶斉様みたいな心が広くて優しい立派な男には会えやしない。そう思ったら、橋から身を投げて死んだのも、悪くなかったんだって心から思えたの。それまでは、どうしても死んでる自分が許せなかった。どうして、一時の気持ちで飛び込んだりしたんだろうって、後悔ばかりしていたの。でも違うんだって、今、はっきりわかった〟

「おきみさん、あなた、慶斉様を慕っておいでなのですね」

ゆめ姫は胸が熱くなった。

――同じ女子として、羨ましいほどの想いだわ――

おきみは恥じらった様子でうつむいて先を続けた。

〝でも、もう安心して。あたし決心がついたの。慶斉様は、こんなあたしにここまでつきあってくれた。だから、あたしにできる限りのお返しをしようって。そりゃあ、とっても寂しいけど、それって、あたしが慶斉様のそばから離れることしかないんだよね。だって、あたしがいると、慶斉様は弱って元気がなくなって、昨日のような目に遭った時、身を守ることができなくなるかもしれないんだから〟

ゆめ姫は、

「いっそ、慶斉様を、あなたのいる世界にお連れしようとは思わなかったのですか？」

思わずそう訊かずにはいられなかった。

〝そういうこともできるんだとは聞いていたけど、そうしようとは一遍も思わなかった。そんなことをしたら、あたしに一生分の幸せをくれた、慶斉様へのお返しにならないもの――〟

「素晴らしいわ」

姫はこれ以上何も言えなかった。

——わが身の犠牲を厭《いと》わない、何という崇高な心がけなのでしょう。果たしてわらわにおきみさんと同じことができるかしら？——

〝素晴らしいって？　あたしにはよくわからないけど、そうしたいの。今はただただ、慶斉様の幸せだけを願っていたい。だから、もう、あたし、そろそろ——〟
二、三歩、前に踏み出したおきみは、
〝そうそう。あなたにお願いがあったんだっけ〟

ゆめ姫を振り返った。

「わたくしで出来ることでしたら——」

〝あなたに、あたしの代わりに慶斉様のそばにいて見守っててほしいの。あなたには、それができるよね〟

「あなたも遠くで見守ることができるでしょうに」

〝そばにいないとできない気遣いもあるでしょ。例えば、家の人に隠しておきたい傷の手当てとか、料理や繕いもの——〟

「おっしゃるように気遣います」

ゆめ姫は約束した。

〝ありがとう。これで安心して行けるわ。慶斉様を不幸になぞしたら、承知しないからねっ〟

そう言い終わったとたん、おきみの姿がさっと消えた。後にはどこからともなく、ころころと銀杏が何粒か転がり落ちてきた。

八

翌日、昼前に信二郎が訪れて、玄太夫殺しについて、新たにわかったことを告げた。

「門人の家族の中に、玄太夫殺しの下手人がいるかもしれないと、門人たちに話を訊いてまわっていたのです。それがし一人で調べてよかったと思っています。玄太夫が酷い人間であったことは、誰もが認めることでしたが、中でも、これは酷すぎるという話が一つありました。田所家にまつわる話です。田所家といえば、三千石の直参旗本、現当主勝右衛《かつえ》門《もん》殿は、剣に優れ、歌人としても聞こえた、文武両道の範のような人です。ただし、何年か前から病気がちで、きちんとお役が務められなくなっているのです。田所家の嫡男勝之進殿が小川道場に通っています」

――慶斉様はその田所勝之進様と知り合われたのね――

「酷い話というからには、また虐めなのでしょうね」

「そうです。田所家の当主は代々、文武両道でなければならないとされています。ところが勝之進殿は武芸にも歌にも才がなく、家督を相続させて、隠居したいと考えている勝右衛門殿は心を痛めていたのでしょう。何とか嫡男に、田所家の当主にふさわしくなってほしい、せめて、武芸なりともと、何かにつけて、玄太夫に付け届けをしていたとのことでした」

「その付け届けが気にいらないと、玄太夫は文句をつけるのですね」

「それが並みの文句のつけ方ではなかったようです。付け届けは姉の安代《やすよ》殿がなさっていたのですが、玄太夫は付け届けの品定めで、田所家からの物に苦情を言う際に、この安代殿を引き合いに出したそうです」

「姉上様を引き合いに？」

どう引き合いに出したのか、姫には見当がつかなかった。

「〝付け届けの品も気に入らないが、付け届けに訪れる安代殿の顔も吐き気がする、おおかた、俺に気があるんじゃないか〟とか、〝薙刀に才があると聞いているが、実は不器量で嫁入り先がなく、仕方なく薙刀を稽古したんじゃないか〟などとか、口にするのも恥ずかしいような類《たぐい》のことです」

「たしかに酷すぎます。明らかに嫌がらせではありませんか」

ゆめ姫は怒り心頭に発した。

「女子にそんなことを言う男は、断じて許せぬ」

声が怒りで震え、思わず城にいる時の物言いになったが、同じように、憤《いきどお》っている信二郎には悟られなかった。

「勝之進様というお方は姉上様のことですもの、もっと怒られたはずです」

「ええ。怒った勝之進殿が抗議すると、玄太夫は、〝何もかも、おまえが弱いからなのだ〟と高笑い、〝やれるものならやってみろ。口惜しいなら、俺に打ち込んでこい〟と挑発したそうです。応じた勝之進殿はもちろん、こてんぱんにやられて、誰かが止めていなかったら、木刀とはいえ、玄太夫に嬲《なぶ》り殺されていただろうということでした。それからも、勝之進殿への虐めは激しさを増すばかりで、玄太夫があんなことにならなければ、いずれ勝之進殿の命はなかったかもしれないと言っていた者もいました」

そこでゆめ姫は、慶斉が女に薙刀で襲われる白昼夢を思い出した。

――安代様が薙刀の達人だとすると、もしかして――、お友達の田所様の姉上だとわかっていたゆえに、襲われても、慶斉様は戦わなかったのでは？――

信二郎は話を続けた。

「知る者たちの話では、安代殿は玄太夫が言うような方ではありません。しっかりした綺麗な女《ひと》です。行き遅れたのは、お父上の病のせいでしょう。玄太夫はこの安代殿を思い通りにしようと、勝之進殿を挑発し、〝言うことを聞かねば、弟の身に何があっても知らぬぞ〟ぐらいの凄《すご》みをきかせて、安代殿に自分の世話をさせていたのでしょう。しかし、とうとう思い余った安代殿は〝食わず女房〟になってしまった――」

「悲しいお話ですね」

「ですから、それがしはこの話を山崎にはしないつもりでいます。あんな極悪非道な奴のために、安代殿が裁かれる必要はありません」

信二郎はきっぱりと言い切った。

——慶斉様と違って信二郎様には迷いがないのね。でも、このままにしておくと、また、安代様が、慶斉様を襲いかねない——

姫は〝慶斉様を不幸になぞしたら、承知しないからねっ〟と釘《くぎ》を刺して去ったおきみの言葉を思い出していた。

「安代様が〝食わず女房〟になったという話に、どうしても得心がゆかないのです」

「何でですか」

「安代様は薙刀の名手なのでしょう。だとしたら、どうして、毒など使ったのでしょう。なぜ、薙刀で一突きになさらなかったか、と不思議でならないのです」

「それは相手が玄太夫だからですよ。男でも太刀打ちできぬ腕前です」

「でも、そのために、安代様は玄太夫のお世話をなさる覚悟をされたわけでしょう。玄太夫は大酒飲みなわけですし、隙はいくらでもあったはずです」

「そうか。そう言われれば、たしかにそうですね」

信二郎は頭を抱えた。

翌日の明け方近く、ゆめ姫は夢を見た。

見えているのは小川道場の奥の間であった。ごろりと畳の上に横たわっている玄太夫は、口から血を流している。

——もう、亡くなっているのだわ——

姫は夢の中で思った。

紫地に桔梗《ききょう》が描かれた着物が見えた。

――あら、紫の地までは同じだけれど、前に見た時とは違った。撫子ではないわ――

着物の主の後ろ姿も、前に見た時とは違った。小柄だが腰のあたりに厚みがある。驚いている様子で、しばらくは立ち上がれない。

見えているのは、依然として後ろ姿であった。ほどなく、桔梗が描かれた着物を着たその女は、手にしている枯れた菖蒲の葉を、死んでいる玄太夫のそばにそっと置いた。

女が去ると、慶斉が入ってきた。顔まではっきり見えた。あたりはうっすらと明るく、すでに、夜が明けている。慶斉は死んでいる玄太夫など気にもかけずに、廊下へ出て、整理整頓が全くされていない、小川家の納戸へと歩いた。納戸の中は付け届けの品で埋まっている。それらの品の中に、くるくると丸めた着物一式が見えた。慶斉が広げてみた着物の柄は、撫子であった。慶斉はそれを抱えると、もう一度、玄太夫の骸のところへと戻った。畳の上をじっと見据えると、何を思ったのか、死んでいる玄太夫の大きな身体をごろりと、横に転がした。するとそこに一冊の本が見えた。表紙には〝有用草木新書〟と書かれている。青ざめた慶斉は、その本を懐にしまうと、すぐにその場を立ち去った。

夢はまだ続いていた。しかし、別の場面である。

慶斉が〝有用草木新書〟を手にしている。立っているのは破れ寺である海蔵寺《かいぞうじ》の山門の前であった。慶斉は朽ちかけた本堂の前へと進むと、地べたに屈み込み、その本を、そっと縁の下に滑り込ませた。

そこで目が覚めたが、長い夢だと感じられたにもかかわらず、まだ肝心な場面は見ていないような気がしてならなかった。

ゆめ姫は慶斉を自分に置き換えて、信二郎にその話をした。

聞いた信二郎は海蔵寺へと走った。

翌日、昼過ぎて池本家を訪れた信二郎は、海蔵寺の縁の下から探し出した〝有用草木新書〟を開いて、

「昨日、あれから海蔵寺から田所家へと回りました。田所家には見上げるように高い、櫟《いちい》の木がありました。種には人の命を奪う猛毒があるそうです」

ゆめ姫に櫟について書かれた箇所を開いて渡した。

「あなたが何度となく白昼夢で見た高い木は、櫟のことだったのですね」

「その本はいったい、どなたのものなのでしょう？」

「田所家所蔵と書かれています」

――慶斉様は安代様を庇《かば》おうとされたのだわ――

信二郎が帰り、時が過ぎ、また、夜が訪れて姫は夢を見た。

前に見た後ろ姿の慶斉である。暗い夜道を歩いて屋敷へと向かっている。

――まただわ。どうしてまた、こんなことが――

そう思う間もなく、薙刀の刃が降ってきた。あろうことか、振り返った慶斉は太刀を抜かなかった。相手の薙刀が慶斉の眉間めがけて、再び降りおろされた――。

「もう、いや」

ゆめ姫はそう叫んで目を覚ました。それからしばらくは眠れなかったが、うとうとし始めると、慶斉が降りおろされた薙刀の刃の上を飛んで、その長い柄をしっかりと押さえ込んでいる様子が見えた。

そして、ついに、相手は手から薙刀を放した。その手は少し前に見た、細いのに節のある、白い手だった。その手の持ち主の顔も見えた。撫子が描かれた着物を纏った男が泣いていた。

〝慶斉様、慶斉様〟

ゆめ姫は初めて、夢の中の慶斉に話しかけた。

〝見られてしまいましたね。あなたにだけは、事情をお話ししなければならないようです〟

いつしか、姫は信二郎が置いていった〝有用草木新書〟を手にしていた。

〝それをお返しいただくためにも〟

〝伺いたいと思います〟

二人はふわふわと池本家の裏庭へまわって、葉を落としている銀杏の木の下に腰を下ろした。

〝訊きたいこととは何でしょう？〟

慶斉に促された。

〝有用草木新書〟は田所勝之進様のものですね〟

ゆめ姫は念を押した。

〝そうです。田所勝之進は市井でのわたしの弟分です。勝之進は父親の期待に添えず、そんな鬱憤《うっぷん》から、居酒屋で身体に合わない酒を無理やり飲んでいました。勝之進は心優しく草木が大好きで、本当は草木学者になりたいのです〟

〝ということは、勝之進様が玄太夫様を、砕いた櫟の種を混ぜ込んだ柿銀杏で殺めたのですね〟

慶斉は俯《うつむ》くように頷き、

〝勝之進には、もう、ああするしか手段はなかったのだと思います。自分のために姉まで毒牙にかかっていることを知って、いたたまれなかったのでしょう。わたしは、玄太夫が勝之進を目の仇《かたき》にするようになったと聞いてから、先行きが気がかりでなりませんでした。安代殿も同じ思いだったようです〟

〝玄太夫様が殺された日、安代様と、勝之進様、お二人ともが訪ねていたのですね〟

〝師匠が大酒飲みで、飲んだら最後、正体がなくなることは皆の知るところでした。そこで勝之進は、いつものように、姉の安代殿が通ってくる前に、玄太夫が好きな酒を飲むよう仕向けたのです。玄太夫は正体がなくなり、それでも、勝之進は念には念を入れて、姉の安代殿の着ている着物に似た古着をもとめて着替え、酔っている玄太夫の目をくらませつつ、柿銀杏に櫟の毒を混ぜて玄太夫に食べさせたのです〟

〝安代様はその後にいらしたのですね〟

〝苦しみ悶《もだ》えている玄太夫の姿に驚き、介抱を試みようとしたものの、安代殿は、すぐに弟のしたことだとわかったのでしょう。身代わりになろうと、残っていた柿銀杏の皿に柿の葉を添え、如何《いか》にも女がやったことのように見せかけました。それから、陰口で玄太夫を例えた、〝食わず女房〟を思い出し、咄嗟《とっさ》に池の近くの枯れている菖蒲の葉を切って、そばに置いたのです。そうすれば、疑いは玄太夫に酷い目にあった女たちの誰か、ということになって、当分は自分だけに向くことがないと考えたのです〟

〝そうすると、安代様は――〟

〝町方の詮議《せんぎ》が及んだら、武家の娘らしく、自害して果てるおつもりだったのでしょう〟

〝では、あなたを襲い続けたのは勝之進様だったのですね〟

〝いや、最初は安代殿でした。わたしが悪かったのです。正直、迷いがありました。勝之進が下手人だという証の着物と、蔵書を見つけたわたしは、どうしたものかと思案した挙句、着物だけを勝之進に返しました。あなたも気づいていると思うのですが、わたしはとかく四角四面な人間です。人を殺めるのは、相手が誰であれよくないことだと思い込んでいました。それで、この事態をどう処理したものかと、考えあぐねていたのです。そんなわたしの曖昧《あいまい》な態度がよくなかったのですよ。思い余った勝之進は安代殿にすべてを打ち明けたのでしょう。わたしによって公にされ、弟が罪人にされて、文武両道で鳴らした田所の家が、途絶えるようなことがあってはいけないと、わたしを亡き者にしようとしたのです〟

〝安代様が仕損じたので、次には勝之進様が襲ったのですね〟

〝というよりも、勝之進はもう、これ以上、安代殿を巻き添えにしたくなかったのでしょう。罪人として咎を暴かれ、恥を曝《さら》すよりも、わたしに闇討ちをかけて、潔く、討たれようと思いつめてのことでした。あの後、勝之進は泣きながら、一部始終を話してくれました。聞きながら、わたしは、実はすでに、こうしたい、いや、こうするべきだと、自分が決めていたことに気づいたのです。わたしは田所家へ勝之進を送り届け、勝右衛門殿、安代殿をまじえて、語り合い、今後のことを助言したのです。勝右衛門殿は息子の犯した重罪を、何とか命までは奪われず、生かして償わせたいと涙を流していました。それならば、浮き世の罪は問われずに、ただひたすら、御仏に仕える寺男のような修行をさせてはどうかと、わたしは進言しました。わたしも、勝之進に生きていて欲しかったからです。そこで、勝右衛門殿は、勝之進を知り合いの寺へ預けることにお決めになりました。田所家は安代殿が婿を取って、継ぐという話になったのです〟

〝これはお返しいたしましょう。いつか、あなたから勝之進様にお渡しになるおつもりでしょうから〟

最後にそう言って、ゆめ姫は手にしていた〝有用草木新書〟を差し出した。

こうして、慶斉に降りかかっていた暗雲は晴れた。

何日かして、訪ねてきた信二郎は田所家がつけた始末をゆめ姫に伝えると、

「始末の大要を耳にして、寺に預けられた田所勝之進を姉の安代が庇っていたのだとわかりました。山崎には真実は口が裂けても言えませんが、いい結末だと思います」

言葉少なに言い切った。

そして、

「実は増吉との約束を果たさなければならないと思っています。手伝っていただけませんか？」

縞屋の飼い猫喜八探しに話を転じた。

「もちろん、お手伝いします。でも、これについてはわたしは――」

姫は増吉や千草を思いだして、目を閉じてはみたが、やはり、白い光が満ちているだけであった。

「わたしに当てができました。ついてきてください」

信二郎の言葉に、

「わかりました」

ゆめ姫は頷いて、上野の山まで同行することになった。

気になったのは匂いである。信二郎が手にしている紙包みから、生臭い匂いが漂ってきている。

姫が不思議そうな面持ちになると、

「この匂いなら三枚に下ろした鯖です。母上にお願いして、鯖を焼く七輪と炭、丸い焼き網、菜箸、火打ち石を借りました」

信二郎は用意された一式を大きな風呂敷《ふろしき》で包んで、背負うと、

「まあ、いったい何をしようというの？　どこぞで今年最後の紅葉でも愛でようというのかしら？」

不審顔の亀乃を尻目に、

「さあ、行きましょう」

ゆめ姫を促して上野へと足を進めた。

途中、

「上野山の頂上で、探している飼い猫の好物の魚を焼くと、猫神が現れて行方《ゆくえ》を教えてくれるという話です」

――信二郎様もわらわたちのような力を？　あの力は人に移るものなの？――

姫が動揺して、

「まさか、あなたまで――」

思わず口走ると、

「わたしは残念ながら、あなたのような力を持ち合わせてはいません。市中にいる知り合いの猫好きから聞いた話です。あれから、八方手を尽くしたのですが、喜八は見つかりません。今はもう、これを試してみるしかないと――」

信二郎は苦笑した。

二人は山を登りきったところで、七輪に火を熾《おこ》し、丸網をかけて鯖の切り身を並べて焼き始めた。

香ばしく食欲をそそる紫色の煙が、青く高い空へと上っていく。何事も起こらない。

「秋刀魚の方がよかったのかも――。猫好きの知人はそう言っていました」

信二郎が不安を口にした。

「なにゆえ、鯖になさったのです？」

「大切に世話をされてきた喜八は、口に咥《くわ》えやすい秋刀魚よりも、骨をどけて焼いた鯖の方が食べやすいせいか、好みだったと増吉に聞いたのです。それで――」

「信じましょう」

信二郎を励ましたゆめ姫は不意に眠気に襲われた。

――きっと、わらわが猫神様の夢を見るのだわ――

そう思ったとたん、すとんと眠りに落ちていた。

目を覚ました姫に夢の記憶はなかった。

信二郎はといえば、人の顔が猫で埋まっているだまし絵を手にしている。すでに丸網の上の鯖は焼け焦げて黒い塊に縮んでいた。

「あなたが眠っていた間に、出てきてくれた猫神と話ができました。それがしは目が冴《さ》えて、鯖が炭になる様子を見つめていたのです。何と猫神は木こりの姿をした爺《じい》さんで、吊り上がった大きくてよく光る目だけが猫でした」

「猫神様は何とおっしゃったのでしょうか？」

「高齢だった喜八はすでに猫だけのあの世にいて、この世にいる時と変わらない、満ち足りた暮らしをしていて、何の心配もいらないのだと告げられました。いなくなる寸前に、増吉と千草のいる部屋の前に佇《たたず》んだのは、別れの挨拶だったそうです。あの二人が案じていたような理由では全くなかったのです」

「よかった」

姫がほっと胸を撫で下ろした。

――わらわが目を閉じた時、白い光が広がるのは喜八が成仏できていたからだったのね――

「そうは言っても、この話を千草や増吉に信じて貰うためには証が要ります。それで猫神に喜八の文をねだったのですが、〝猫に人の文字など書けぬわ〟と笑い飛ばされました。考えてみればその通りです。それでも、これほど飼い猫を案じている人もいるのだと、千草の病や増吉の身を挺しての猫探しについて懸命に告げると、〝まあ、考えてみよう〟と言い残して、猫神は消えて、ほどなく、空からこれが降ってきたというわけです」

信二郎は手にしているだまし絵を渡して見せてくれた。

「あら、これ――」

人の顔は若い男のもので増吉によく似ていて、その顔は喜八のさまざまな仕種で描き分けられていた。

「喜八は押し出しのいい立派な雄猫《おすねこ》だったと聞いています。千草に野良犬が近づいてきた時、勇敢にも間に入って、一歩も退《ひ》かなかった話を増吉に聞きました。おそらく、拾われて恩を受けた飼い主の千草を慕うだけではなく、守ってもいたのでしょう。そして、自らの寿命が来たことを悟った喜八は、この守りの役目を、自分と同じように、慕いつつ、ずっと忠義を尽くしてきた増吉に託したのだと思います」

「心打たれるお話ですね。これで千草さんも得心して病が治り、何の懸念もなく、あの白無垢を着て増吉さんと結ばれることと思います」

ゆめ姫が思わず目頭を熱くすると、

〝松葉屋のお嬢さん志麻さんは、良七さんが上方に修業に行ってしまい、婿になるのを餌に、男たちを手玉に取る女だっていう悪い噂が流れて、たいそう気落ちしてるって聞いてるから、一つぐらい誠と報いのあるおめでたい話があってもいいよね〟

どこからともなくおきみの声が聞こえてきた。

〝木こりのお爺さんに取り憑いて、信二郎さんに喜八の話を伝えたり、だまし絵をくださったのはおきみさん、あなた？〟

ゆめ姫の問い掛けに、

〝あたし、あなたにお礼をしてなかったのを思い出したの。だから、これは特別よ、特別〟

ふふふとおきみの声が愉快そうに笑った。

本書は、二〇〇七年九月～二〇一〇年一月の間に廣済堂出版より刊行された「余々姫夢見帖」全七巻から、タイトルを変更し、再構成した上で、全面改稿いたしました。

時代小説文庫
わ 1-38

秘密《ひみつ》 ゆめ姫事件帖《ひめじけんちょう》

著者 和田《わだ》はつ子《こ》

2016年10月18日第一刷発行

発行者 角川春樹

発行所 株式会社 角川春樹事務所
〒102-0074 東京都千代田区九段南2-1-30 イタリア文化会館

電話 03(3263)5247[編集] 03(3263)5881[営業]

印刷・製本 中央精版印刷株式会社

フォーマット・デザイン&シンボルマーク 芦澤泰偉

ISBN978-4-7584-4045-5 C0193

http://www.kadokawaharuki.co.jp/[営業]
fanmail@kadokawaharuki.co.jp[編集] ご意見・ご感想をお寄せください。